선생님과 함께 읽는 화수분

물음표로 찾아가는 한국단편소설 10

선생님과 함께 읽는

화수분

전국국어교사모임 지음 · 한수임 그림

Humanist

'물음표로 찾아가는 한국단편소설' 시리즈를 펴내며

문학 교육은 아이들이 꿈을 꾸게 하기 위해 필요합니다. 그러나 요즘의 문학 교육은 참고서와 문제집을 통해서만 이루어지고 있습니다. 그래서 문학 수업은 엉뚱한 상상도 발랄한 질문도 없는 밍밍하고 지루한 시간이 되어 버렸습니다. 상상의 여지가 사라지고 질문이 없는 수업은 아이들을 질리게 하고 문학을 말라 죽게 합니다. 그렇다면 어떻게 해야 문학 교육을 살릴 수 있을까요?

무엇보다 학생들이 스스로 생각을 열어 질문을 만들 수 있게 해야 합니다. 매우 상식적인 일이지만, 우리 교육 환경에서는 잘 이루어지기가 어렵습니다. 그래서 전국국어교사모임은 학생들이 스스로 생각을 열고 엉뚱한 상상과 발랄한 질문을 할 수 있는 마중물을 붓기로 했습니다. 이는 말라 버린 문학뿐 아니라 아이들의 메마른 마음에도 물을 붓는 일이 될 것입니다.

교과서에 실린 의미 있는 작품을 골랐습니다 중·고등학교 국어 교과서나 문학 교과서에 실린 단편소설 가운데 오랫동안 많은 사람들에게 널리 읽힌 작품을 골랐습니다. 교과서에 실렸다는 것은 중·고등학생들에게 유용한 작품이라는 것이고, 오래 널리 읽혔다는 것은 재미나 감동, 그리고 생각거리 면에서 어느 하나는 사람들의 마음에 들었음을 뜻하기 때문입니다.

전국의 학생들에게 물었습니다 전국에 있는 수많은 학생에게 소설을 읽혀 보고, 그들이 궁금해 하는 것을 모았습니다. 그러고 나서 의미 있는 질문거리들을 일정한 방식으로 배열했습니다.

현직 국어 선생님들이 물음에 답했습니다 전국의 국어 선생님 100여 분이 다양한 책과 논문을 살펴본 다음 질문에 대한 답을 했습니다. 이런 과정을 통해 보다 보편적인 작품의 의미에 접근하고자 했습니다.

교육 과정과의 연관성을 고려했습니다 수업 현장에서 또는 학생 스스로 이용할 수 있도록 했습니다. '깊게 읽기'에서는 인물, 사건, 배경, 주제 등 작품과 직접 관련되는 내용을 다루었으며, '넓게 읽기'에서는 작가, 시대상, 독자 이야기 등을 살펴볼 수 있도록 했습니다.

'물음표로 찾아가는 한국단편소설' 시리즈는 다양하고 깊이 있는 생각을 이끌어 낼 수 있는 소설 감상의 안내서 구실을 할 것입니다. 또한 작품에 대한 해석과 이해의 차원을 넘어서 문화적·사회적·역사적 정보를 폭넓고 다양하게 제시함으로써 문학 감상 능력을 향상시켜 줄 뿐만 아니라, 문학과 가까워질 수 있는 기회를 제공해 줄 것입니다.

전국국어교사모임

머리말

우리가 사는 세상은 하나인데 그 세상 속을 살아가는 사람들은 저마다 다른 모습들이에요. 작가는 다양한 삶의 모습들 중에서 우리에게 들려주고 싶은 삶을 소설로 표현해요.

〈화수분〉 속에는 1920년대를 살았던 한 가난한 가족의 삶이 그려져 있어요. 화수분네 가족은 원래 시골에서 농사를 지으며 살았어요. 그런데 살기가 힘들어져서 도시로 갔지요. 하지만 마땅한 벌이가 없었어요. 그래서 가족이 굶기를 밥 먹듯 하며 살아가지요. 결국에는 가족이 흩어지고, 얼어 죽고, 어린 막내만 살아남아요.

작가가 이 이야기를 통해 말하고 싶었던 것은 무엇일까요?

작품을 잘 이해하려면, 작품을 읽으면서 이런저런 질문을 던져 보는 것이 큰 도움이 돼요. 사건, 배경, 인물, 주제 등에 관한 질문을 던지고, 그것에 대한 답을 찾아보는 것이 바로 작품을 이해하는 과정이기 때문이지요.

질문할 거리를 찾기 어려우면 제목부터 시작해 보는 것도 좋은 방법이에요. '화수분'이 뭐지? 왜 제목이 '화수분'이지? 이런 식으로요. 그리고 제목에서 시작한 질문을 소설을 읽어 가며 계속 이어 나가 보세요. '행랑이 뭐지? 왜 행랑에 살지? 왜 돈을 못 벌지? …… 왜 부모는 죽고 어린아이만 살아남았지?' 등. 질문을 했으면 답을 생각해 보세요. 스스로 던진 질문에 스스로 답해 보는 거예요.

소설의 본문을 꼼꼼히 읽으며 질문을 던지고 답을 찾았으면, 자기가 한 질문과 이 책에 실린 질문을 비교해 보세요. 질문에 대한 답도 자기가 생각한 것과 비교해 보고요. 좀 다르더라도 실망할 필요는 없어요. 모든 질문을 다 실을 수도 없고, 여기에 실린 답이 꼭 정답은 아니니까요. 자신의 생각이 소설을 바탕으로 근거를 가지고 있으면 또 하나의 답이 되는 것이니까요.

자, 그럼 이제 〈화수분〉을 읽으면서 스스로 질문하기와 답하기를 시작해 볼까요?

제주국어교사모임
강희진, 김보경, 김형진, 신태일, 오정훈

차례

'물음표로 찾아가는 한국단편소설' 시리즈를 펴내며　4
머리말　6

작품 읽기 〈**화수분**〉_전영택　11

깊게 읽기 **묻고 답하며 읽는** 〈화수분〉

1_ 가난했던 1920년대
'만주–노 호야 호오야'가 무슨 뜻이에요?　33
행랑이 무엇인가요?　35
화수분은 '나'를 왜 '나리'라고 부르나요?　38
화수분은 어떤 사람인가요?　41
화수분 집은 왜 그렇게 가난한가요?　44

2_ 화수분 가족의 비참한 삶
귀동이와 옥분이는 왜 버릇없게 행동하나요?　49
귀동이는 왜 마님을 따라갔나요?　52
화수분의 아내는 어떤 사람인가요?　56
화수분은 왜 울까요?　60

어멈이 보낸 편지는 어떤 내용일까요? 64
화수분 부부는 왜 얼어 죽었나요? 68

3_ 의도된 소설적 장치
'화수분'이 뭐예요? 75
왜 주인공 이름이 '화수분'인가요? 81
의성어와 의태어가 왜 이렇게 많나요? 83
주인 부부는 어떤 마음으로 화수분네를 대했나요? 88
왜 사건이 일어난 순서대로 이야기하지 않나요? 91

넓게 읽기 작품 밖 세상 들여다보기

작가 이야기 – 전영택의 생애와 작품 연보, 작가 더 알아보기 96
시대 이야기 – 1925~1930년 104
엮어 읽기 – 가난하고 비참한 삶의 모습 106
다시 읽기 – 화수분의 처지와 비슷한 오늘날의 사람들 111
독자 이야기 – 화수분 부부에 대한 모의재판 115

참고 문헌 119

작품 읽기

화수분

전영택

1

첫겨울 추운 밤은 고요히 깊어 간다. 뒤뜰 창 바깥에 지나가는 사람 소리도 끊어지고 이따금 찬바람 부는 소리가 휘익 우수수 하고 바깥의 춥고 쓸쓸한 것을 알리면서 사람을 위협하는 듯하다.

"만—주노 호야 호오야."

길게 그러고도 힘없이 외치는 소리가, 보지 않아도 추워서 수그리고 웅크리고 가는 듯한 사람이 몹시 처량하고 가엾어 보인다. 어린 애들은 모두 잠들고, 학교 다니는 아이들은 눈에 졸음이 잔뜩 몰려서 입으로만 소리를 내어 글을 읽는다. 나는 누워서 손만 내놓아 신문을 들고 소설을 보고, 아내는 이불을 들쓰고 어린애 저고리를 짓고 있다.

"누가 우나?"

일하던 아내가 말하였다.

"아니야요. 그 절름발이가 지나가면서 무슨 소리를 지껄이면서 가나 보아요."

공부하던 애가 말한다. 우리들은 잠시 그 소리를 들으려고 귀를 기울였으나 다시 각각 그 하던 일을 계속하여 다시 주의도 하지 아니하였다. 그러다가 우리는 모두 잠이 들어 버렸다.

나는 자다가 꿈결같이 "으으으 으으으" 하는 소리를 들었다. 잠깐 잠이 반쯤 깨었으나 다시 잠들었다. 잠이 들려고 하다가 또 깜짝 놀라서 깨었다. 그리고 아내에게 물었다.

"저게 누가 울지 않소?"

"아범이구려."

나는 벌떡 일어나서 귀를 기울였다. 과연 아범의 우는 소리다. 행랑에 있는 아범의 우는 소리다.

'어찌하여 우는가, 사나이가 어찌하여 우는가. 자기 시골서 무슨 슬픈 상사의 기별을 받았나, 무슨 원통한 일을 당하였나?'

나는 생각하였다. '어이 어이' 느껴 우는 소리를 들으면서 아내에게 물었다.

"아범이 왜 울까?"

"글쎄요, 왜 울까요?"

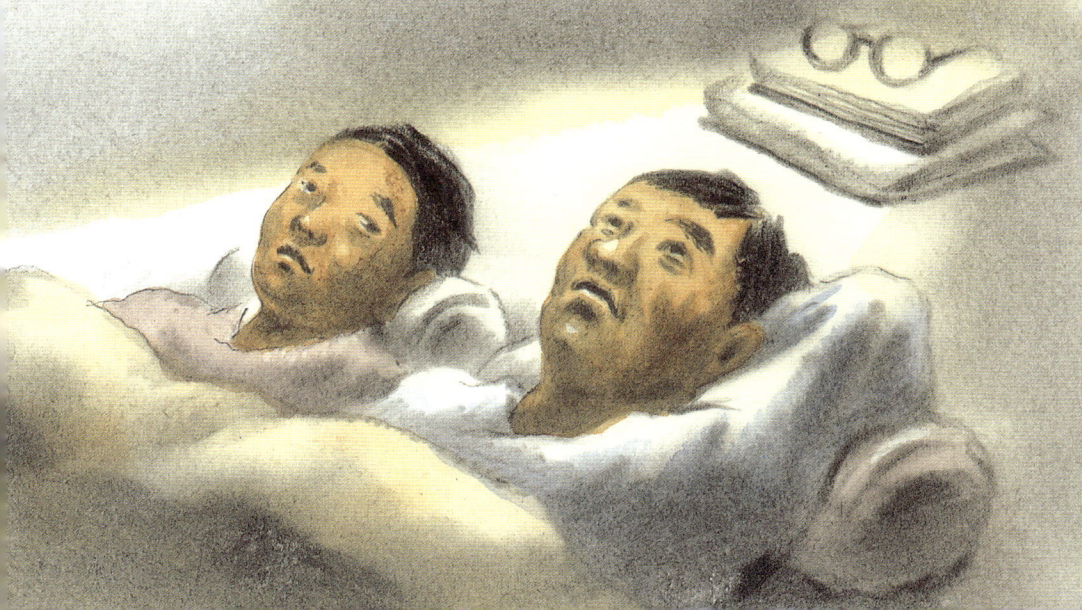

2

아범은 금년 9월에 그 아내와 어린 계집애 둘을 데리고 우리 집 행랑방에 들었다. 나이는 한 서른 살쯤 먹어 보이고, 머리에 상투가 그냥 달라붙어 있고, 키가 늘씬하고 얼굴은 기름하고 누르퉁퉁하고 눈은 좀 큰데, 사람이 퍽 순하고 착해 보였다. 주인을 보면 어느 때든지, 그 방에서 고달픈 몸으로 밥을 먹다가도 얼른 일어나서 허리를 굽혀 절하였다. 나는 그것이 너무 미안해서 그러지 말라고 이르려고 하면서 늘 그냥 지내었다.

그 아내는 키가 자그마하고 몸이 뚱뚱하고 이마가 좁고, 항상 입을 다물고 아무 말이 없다. 적은 돈은 회계할 줄 알아도 '원'이나 '백 냥' 넘는 돈은 회계할 줄 모른다. 그리고 어멈은 날 회계할 줄을 모른다. 그러기에 저 낳은 아이들의 생일을 아범이 그 전날 내일이 생일이라고 일러 주지 않으면 모른다고 한다. 그러나 결코 속일

줄은 모르고 무슨 일이든지 하라는 대로 하기는 하나 얼른 대답을 시원히 하지 아니하고 꼬물꼬물 오래 하는 것이 흠이다. 그래도 아침에는 일찍이 일어나서 기름을 발라 머리를 곱게 빗고 빨간 댕기를 드려 쪽을 찌고 나온다.

 그들에게는 지금 입고 있는 단벌 홑옷과 조그만 냄비 하나밖에 아무것도 없다. 세간도 없고 물론 입을 옷도 없고, 덮을 이부자리도 없고, 밥 담아 먹을 그릇도 없고, 밥 먹을 숟가락 한 개가 없다. 있는 것이라고는 보기 싫게 생긴 딸 둘과 작은애를 업는 홑누더기와 띠, 아범이 벌이하는 지게가 하나, 이것뿐이다. 밥은 우선 주인집에서 내어간 사발과 숟가락으로 먹고, 물은 역시 주인집 어린애가 먹고 비운 '가루 우유통'을 갖다가 떠먹는다.

 아홉 살 먹은 큰계집애는 몸이 좀 뚱뚱하고 얼굴은 컴컴한데, 이마는 어미 닮아서 좁고 볼은 애비 닮아서 축 늘어졌다. 그리고 이르는 말은 하나도 듣는 법이 없다. 그 어미가 아무리 욕하고 때리고 하여도 볼만 부어서 까딱없다. 도리어 어미를 욕한다. 꼭 서서 어미 보고 눈을 부르대고 "조 깍쟁이가 왜 야단이야." 하고 욕을 한다. 먹을 것이 생기면 자식 먹이고 남편 대접하고 자기는 늘 굶는 어미가 헛입노릇이라도 하는 것을 보게 되면 "저 망할 계집년이 무얼 혼자만 처먹어?" 하고 욕을 한다. 다만 자기 어미나 아비의 말을 아니 들을 뿐 아니라 '주인 마누라'나 '주인 나리'가 무슨 말을 일러도 아니 듣는다. 먼 데 있는 것을 가까이 오게 하려면 손수 붙들어 와야 하고, 가까이 있는 것을 비키게 하려면 붙들어다 치워야 한다.

 다음에 작은계집애는 돌을 지나 세 살 먹은 것인데, 눈이 커다랗고 입술이 삐죽 나오고 걸음은 겨우 빼뚤빼뚤 걷는다. 그러나 여태 말도 도무지 못하고 새벽부터 하루 종일 붙들어 매여 끌려가는 돼지 소리 같은 크고 흉한 소리를 내어 울어서 해를 보낸다. 울지 않는 때라고는 먹는 때와 자는 때뿐이다. 그러나 먹기는 썩 잘 먹는다. 먹을 것이라고 눈앞에 보이기만 하면 죄다 빼앗아다가 두 다리 사이에 넣고 다리와 팔로 웅크리고 '웅웅' 소리를 내면서 혼자서 먹는다. 그렇게 심술 사나운 큰계집애도 다 빼앗기고 졸연해서 얻어먹지 못한다. 이렇기 때문에 작은것은 늘 그 어미 뒷잔등에 업혀 있다. 만일 내려놓아 버려두면 그냥 땅바닥에 벗은 몸으로 두 다리를 턱 내뻗치고 묶여 가는 돼지 소리로 동네가 요란하도록 냅다 지른다.

  그래서 어멈은 밤낮 작은것을 업고 큰것과 싸움을 하면서 얻어먹지는 못하고, 물 긷고 걸레 치고 빨래하고 서서 돌아간다. 그러면서 작은것에게는 젖을 먹이고 큰것의 욕을 먹고 성화 받고, 밤에는 사나이에게 '웅얼웅얼' 하는 잔말을 듣는다. 밥 지을 쌀도 없는데 밥

안 짓는다고 욕을 한다. 그리고 아범은 밝기도 전에 지게를 지고 나갔다가 밤이 어두워서 들어오지만 하루에 두 끼니를 못 끓여 먹고, 대개는 벌이가 없어서 새벽에 나갔다가도 오정 때나 되면 일찍 돌아온다. 들어와서는 흔히 잔다. 이런 때는 온종일, 그 이튿날 아침까지 굶는다. 그때마다 말없던 어멈이 '웅얼웅얼' 바가지 긁는 소리가 들린다.

어멈이 그 애들 때문에 그렇게 애쓰고 그들의 살림이 그렇게 어려운 것을 보고, 나는 이따금 이렇게 생각하였다. 아내에게 말도 한다.

"저 애들을 누구를 주거나 하지."

위에 말한 것은 아범과 그 식구의 대강 한 정형이다. 그러나 밤중에 그렇게 섧게 운 까닭은 무엇인가?

3

 그 이튿날 아침이다. 마침 일요일이기 때문에 내게는 한가한 틈이 있어서 어멈에게서 그 내용을 들을 기회가 있었다.
 "지난밤에 아범이 왜 그렇게 울었나?"
하는 아내의 말에 어멈의 대답은 대강 이러하였다.
 "어멈이 늘 쌀을 팔러 댕겨서 저 뒤의 쌀가게 마누라를 알지요. 그 마누라가 퍽 고맙게 굴어서 이따금 앉아서 이야기도 했어요. 때때로 '그 애들을 데리고 어떻게나 지내나?' 하고 물어요. 그럴 적마다 '죽지 못해 삽지요.' 하고 아무 말도 아니 했어요.
 그랬는데 한번은 가니까, 큰애를 누구를 주면 어떠냐고 그래요. 그래서 '제가 데리고 있다가 먹이면 먹이고 죽이면 죽이고 하지, 제 새끼를 어떻게 남을 줍니까? 그리고 워낙 못생기고 아무 철이 없어서 에미 애비나 기르다가 죽이더라도 남은 못 주어요. 남이 가져갈 게이 못 됩니다. 그것을 데려가시는 댁에서는 길러 무엇합니까, 돼지면 잡아나 먹지요.' 하고 저는 줄 생각도 아니 했어요.
 그래도 그 마누라는 '어린것이 다 그렇지 어떤가. 어서 좋은 댁에서 달라니 보내게. 잘 길러 시집보내 주신다네. 그리고 여태 젊은이들이 벌어먹고 살아야지. 애들을 다 데리고 있다가 인제 차차 날도 추워 오는데, 모두 한꺼번에 굶어 죽지 말고.' 하시면서 여러 말로 대―구 권하셔요.
 말을 들으니까 그랬으면 좋을 듯도 하기에 '그럼 저희 아범보고 말을 해 보지요.' 했지요. 그랬더니 그 마누라가 부쩍 달라붙어서 '내일 그 댁 마누라가 우리 집으로 오실 터이니 그 애를 데리고 오게.' 하셔요. 해서 저는 '글쎄요.' 하고 돌아왔지요.

　돌아와서 그날 밤에, 그젯밤이올시다. 그젯밤이 아니라 어제 아침이올시다. 요새 저는 정신이 하나 없어요. 그래 밤에는 들어와서 반찬 없다고 밥도 안 먹고 곤해서 쓰러져 자길래 그런 말을 못하고 어제 아침에야 그 이야기를 했지요. 그랬더니 '내가 아나, 임자 맘대로 하게그려.' 그러고 일어서 지게를 지고 나가 버리겠지요.

　그러고는 저 혼자서 온종일 이리저리 생각을 해 보았지요. 아무려나 제 자식을 남을 주고 싶지는 않지만 어떻게 합니까. 아씨 아시듯이 이제 새끼 또 하나 생깁니다그려. 지금도 어려운데 어떻게 둘씩 셋씩 기릅니까. 그래서 차마 발길이 안 나가는 것을 오정 때가 되어서 데리고 갔지요. 짐승 같은 계집애는 아무것도 모르고 따라나가요. 앞서 가는 것을 뒤로 보면서 생각을 하니까 어째 마음이 안되었어요."

하면서 어멈은 울먹울먹한다. 눈물이 핑 돈다.

　"그런 것을 데리고 갔더니 참말 웬 알지 못하는 마누라님이 앉아 계셔요. 그 마누라가 이걸 호떡이라 군밤이라 감이라 먹을 것을 사다 주면서 '나하고 우리 집에 가 살자. 예쁜 옷도 해 주고 맛나는 밥도 먹고 좋지. 나하고 가자. 가자.' 하시니까 이것은 먹기에 미쳐서 대답도 아니 하고 앉았어요."

　이 말을 들을 때에 나는 그 계집애가 우리 마루 끝에서 우리 집 어린애가 감 먹는 것을 바라보다가, 내버린 감꼭지를, 나를 쳐다보면서 집어 가지고 나가는 것이 생각났다.

　어멈은 다시 이야기를 이어,

"그래, 제가 어쩌나 보려고 '그럼 너 저 마님 따라가 살련? 나는 집에 갈 터이니.' 했더니 저는 본체만체하고 머리를 끄덕끄덕 해요. 그래도 미심해서 '정말 갈 테야, 가서 울지 않을 테야?' 하니까, 저를 한 번 흘끗 노려보더니 '그래, 걱정 말고 가요.' 하겠지요. 하도 어이가 없어서 내버리고 집으로 돌아왔지요. 그러고 돌아와서 저 혼자 가만히 생각하니까, 아범이 또 무어라고 할는지 몰라, 어째 안 되겠어요. 그래 바삐 아범이 일하러 댕기는 데를 찾아갔지요. 한번 보기나 하랄려고 염천교 다리로 남대문 통으로 아무리 찾아야 있어야지요. 몇 시간을 애써 찾아댕기다가 할 수 없이 그 댁으로 도루 갔지요. 갔더니 계집애도 그 마누라도 벌써 떠나가 버렸겠지요. 그때 마님 말씀이 저녁 여섯 시 차에 광핸지 광한지로 떠났다고 하셔요. 가시면서 보고 싶으면 설 때에나 와 보고 와 살려면 농사짓고 살라고 하셨대요. 그래 하는 수가 있습니까. 그냥 돌아왔지요. 와서 아무 생각이 없어서 아범 저녁 지어 줄 생각도 아니 하고 공연히 밖에 나가서 왔다 갔다 돌아댕기다가 들어왔지요. 저는 눈물도 안 나요. 그러다가 밤에 아범이 들어왔기에 그 말을 했더니 아무 말도 하지 아니하고 그렇게 통곡을 했답니다. 여북하면 제 자식을 꿈에도 보지 못하던 사람에게 주겠어요. 할 수가 없어서 그렇지요. 집에 두고 굶기는 것보다 나을까 해서 그랬지요. 아범이 본래는 저렇게는 못살지 않았답니다. 저희 아버지 살았을 때에는 몇백 석이나 하고 양평 시골서 남부럽지 않게 살았답니다. 이름들도 모두 좋지요. 맏형은 '장자'요, 둘째는 '거부'요, 아범이 셋짼데 '화수분'이랍니다. 그런 것이 제가 간 후부터 시아버님이 돌아가시고 그리고 맏아들이 죽고 농사 밑천인 소 한 마리를 도적맞고 하더니 차차 못살게 되기 시작해서 종내 저렇게 거지가 되었답니다. 지금도 시골 큰댁엘 가면 굶지나 아니 할 것을 부끄럽다고 저러고 있지요. 사내 못생긴 건 할 수 없어요."

우리는 이제야 비로소 아범이 어제 울던 까닭을 알았고 이때에 나는 비로소 아범의 이름이 '화수분'인 것을 알았고, 양평 사람인 줄도 알았다.

4

그런 지 며칠이 지난 어느 날 아침이다. 화수분은 새 옷을 입고 갓을 쓰고 길 떠날 행장을 차리고 안으로 들어온다. 그것을 보니까 지난밤에 아내에게서 들은 말이 생각난다. 시골 있는 형 거부가 일하다가 발을 다쳐서 일을 못하고 누워 있기 때문에 가뜩이나 흉년인 데다가 일을 못해서 모두 굶어 죽을 지경이니, 아범을 오라고 하니가 보아야 하겠다는 말을 듣고 나는 "가 보아야겠군." 하니까, 아내는 "김장이나 해 주고 가야 할 터인데." 하기에 "글쎄, 그럼 그렇게 이르지." 한 일이 있었다. 아범은 뜰에서 허리를 한 번 굽히고 말한다.

"나리, 댕겨오겠습니다. 제 형이 일하다가 도끼로 발을 찍어서 일을 못하고 누워 있다니까 가 보아야겠습니다. 가서 추수나 해 주고는 곧 오겠습니다. 거저 나리 댁만 믿고 갑니다."

나는 어떻게 대답을 했으면 좋을지 몰라서,

"잘 댕겨오게."

하였다.

아범은 다시 한 번 절을 하고,

"안녕히 계십시오."

하면서 돌아서 나갔다.

"저렇게 내버리고 가면 어떡합니까? 우리도 살기 어려운데 어떻게 불 때 주고 먹이고 입히고 할 테요? 그렇게 곧 오겠소?"

이렇게 걱정하는 아내의 말을 듣고 나는 바삐 나가서 화수분을 불러서,

"곧 댕겨오게. 겨울을 나서는 안 되네."

하였다.

"암, 곧 댕겨옵지요."

화수분은 뒤를 돌아보고 이렇게 대답을 하고 달아난다.

5

 화수분은 간 지 일주일이 되고 열흘이 되고 보름이 지나도 아니 온다. 어멈은 아범이 추수해서 쌀말이나 가지고 돌아오기를 밤낮 기다려도 종내 오지 아니하였다. 김장때가 다 지나고 입동이 지나고 정말 추운 겨울이 되었다. 하루 저녁은 바람이 몹시 불고 그 이튿날 새벽에는 하얀 눈이 펑펑 내려 쌓였다.
 아침에 어멈이 들어와서 화수분의 동네 이름과 번지 쓴 종잇조각을 내어놓으면서 오지 않으면 제가 가겠다고 편지를 써 달라고 하기에 곧 써서 부쳐까지 주었다.
 그 다음 날부터는 며칠 동안 날이 풀려서 꽤 따뜻하였다. 그래도 화수분의 소식은 없다. 어멈은 본래 어린애가 딸려서 일을 잘 못하는 데다가 다릿병이 있어 다리를 잘 못 쓰고 더구나 며칠 전에 손가락을 다쳐서 일을 하지 못하는 것을 퍽 미안하게 생각한다.
 그리고 추운 겨울에 혼자 살아갈 길이 막연하여, 종내 아범을 따라 시골로 가기로 결심을 한 모양이다.
 "그만 아씨, 시골로 가겠습니다."
 "몇 리나 되나?"

"몇 린지 사나이들은 일찍 떠나면
하루에 간다고 해두 저는 이틀에나 겨우 갈걸요."
"혼자 가겠나?"
"물어 가면 가기야 가지요."

아내와 이런 문답이 있은 다음 날 아침, 바람 불고 추운 날 아침에 어멈은 어린것을 업고 돌아볼 것도 없는 행랑방을 한 번 돌아보면서 아창아창 떠나갔다.

그날 밤에도 몹시 추웠다. 우리는 문을 꼭꼭 닫고 문틀을 헝겊으로 막고 이불을 둘씩 덮고 꼭꼭 붙어서 일찍 잤다.

나는 자면서, 잘 갔나, 얼어 죽지나 않았나, 하는 생각이 났다.

화수분도 가고 어멈도 하나 남은 것을 업고 간 뒤에는 대문간은 깨끗해지고 시꺼먼 행랑방 방문은 닫혀 있었다. 그리고 우리 집에는 다시 행랑 사람도 안 들이고 식모도 아니 두었다. 그래서 몹시 추운 날, 아내는 손수 어린것을 등에 지고 이웃집의 우물에 가서 배추와 무를 씻어서 김장을 대강 하였다. 아내는 혼자서 김장을 하면서 눈물을 흘리고 어멈 생각을 하였다.

6

김장을 다 마친 어느 날, 추위가 풀려서 따뜻한 날 오후에, 동대문 밖에 출가해 사는 동생 S가 오래간만에 놀러 왔다. S에게 비로소 화수분의 소식을 듣고 우리는 놀랐다. 그들은 본래 S의 시댁에서 천거해 보낸 것이다. 그 소식은 대강 이렇다.

화수분이 시골 간 후에 형 거부는 꼼짝 못하고 누워 있기 때문에 형 대신 겸 두 사람의 일을 하다가 몸이 지쳐 몸살이 나서 넘어졌다. 열이 몹시 나서 정신없이 앓았다. 정신없이 앓으면서도 귀동이(서울서 강화 사람에게 준 큰계집애)를 부르며 늘 울었다.

"귀동아, 귀동아, 어델 갔니? 잘 있니……."

그러다가는 흐득흐득 느끼면서,

"그렇게 먹고 싶어 하는 사탕 한 알 못 사 주고 연시 한 개 못 사 주고……."

하고 소리를 내어 어이어이 운다.

그럴 때에 어멈의 편지가 왔다. 뒷집 기와집 진사 댁 서방님이 읽어 주는 편지 사연을 듣고,

"아이구, 옥분아(작은계집애를 이름), 옥분이 에미!"

하고 또 어이어이 운다. 울다가 벌떡 일어나서 서울서 넝마전에서 사 입고 간 새 옷을 입고 갓을 썼다. 집안사람들이 굳이 말리는 것을 뿌리치고 화수분은 서울을 향하여 어멈을 데리러 떠났다. 싸리문 밖에를 나가 화수분은 나는 듯이 달아났다.

화수분은 양평서 오정이 거의 되어서 떠나서 해 져 갈 즈음에 백리를 거의 와서 어떤 높은 고개에 올라섰다. 칼날 같은 바람이 뺨

을 친다. 그는 고개를 숙여 앞을 내려다보다가 소나무 밑에 희끄무레한 사람의 모양을 보았다. 그것에 곧 달려가 보았다. 가 본즉 그것은 옥분과 그의 어머니다. 나무 밑 눈 위에 나뭇가지를 깔고, 어린것 업은 헌 누더기를 쓰고 한끝으로 어린것을 꼭 안아 가지고 웅크리고 떨고 있다. 화수분은 왁 달려들어 안았다. 어멈은 눈은 떴으나 말은 못한다. 화수분도 말을 못한다. 어린것을 가운데 두고 그냥 껴안고 밤을 지낸 모양이다.

이튿날 아침에 나무장사가 지나다가 그 고개에 젊은 남녀의 껴안은 시체와, 그 가운데 아직 막 자다 깨인 어린애가 등에 따뜻한 햇볕을 받고 앉아서 시체를 툭툭 치고 있는 것을 발견하여 어린것만 소에 싣고 갔다.

　　　　＊《조선문단》1925년 1월호에 발표된 것을 바탕으로 함.

어휘풀이

광핸지 광한지 경기도 '강화'를 가리키는 말.
기름하다 조금 긴 듯하다.
깍쟁이 인색하고 얄미운 행동을 일삼는 사람.
나리 지체가 높거나 권세가 있는 사람을 높여 부르는 말.
냥 예전에, 엽전을 세던 단위. 한 냥은 한 돈의 열 배이다. 엽전 100개.
넝마전 낡고 해어져서 입지 못하게 된 옷, 이불 따위를 파는 가게.
누더기 누덕누덕 기운 헌 옷.
누르퉁퉁하다 윤기가 없어 산뜻하지 않게 누르다.
댕기 길게 땋은 머리끝에 드리는 장식용 헝겊이나 끈.
들쓰다 이불이나 옷 따위를 위에서 아래까지 덮어쓰다.
미심하다 일이 확실하지 아니하여 마음을 놓을 수 없다.
밑천 어떤 일을 하는 데 바탕이 되는 돈이나 물건, 기술, 재주 따위를 이르는 말.
부르대다 남을 나무라거나 하는 듯이 거친 말로 야단스럽게 떠들어 대다.
부쩍 매우 가까이 달라붙는 모양.
상사 사람이 죽은 사고.
상투 예전에, 장가든 남자가 머리털을 끌어 올려 정수리 위에 틀어 감아 맨 것.
세간 집안 살림에 쓰는 온갖 물건.
싸리문 싸릿가지를 엮어 만든 문.
아범 아비(아버지의 낮춤말)를 조금 대접하여 이르는 말. 예전에, 남자 하인을 조금 대접하여 이르던 말.
아씨 아랫사람들이 젊은 부녀자를 높여 이르는 말.
아창아창 키가 작은 사람이나 짐승이 이리저리 찬찬히 걷는 모양. '아장아장'보다 거센 느낌을 준다.
어멈 종이 아닌 신분으로 남의 집에 매어 심부름하는 부인.
여북하다 언짢거나 안타까운 마음이다.
연시 연감. 물렁하게 잘 익은 감.
오정 정오. 낮 12시.
원 우리나라의 옛 화폐 단위. 1원은 1전의 100배이다. 1910년부터 1953년 2월 14일까지 통용되었다.
임자 나이가 지긋한 부부 사이에서, 상대편을 서로 이르는 이인칭 대명사.
입동 이십사절기의 하나. 11월 8일경이다. 이때부터 겨울이 시작된다고 한다.

잔등 등.
잔말 쓸데없이 자질구레하게 늘어놓는 말.
절름발이 한쪽 다리가 짧거나 다치거나 하여 걷거나 뛸 때에 몸이 한쪽으로 자꾸 거볍게 기우뚱거리는 사람을 낮잡아 이르는 말.
정형 사물의 정세와 형편을 아울러 이르는 말.
졸연하다 쉽게 할 수 있는 상태에 있다. 어떤 일의 상태가 갑작스럽다.
종내 끝내.
진사 조선 시대에, 과거의 예비 시험인 소과(小科)에 합격한 사람에게 준 칭호. 또는 그런 사람.
쪽 시집간 여자가 뒤통수에 땋아서 틀어 올려 비녀를 꽂은 머리털. 또는 그렇게 틀어 올린 머리털.
천거 어떤 일을 맡아 할 수 있는 사람을 그 자리에 쓰도록 소개하거나 추천함.
첫겨울 겨울이 시작되는 첫머리.
행랑(行廊) 대문간에 붙어 있는 방으로 주로 하인이 거처하던 방.
행장 여행할 때 쓰는 물건과 차림.
헛입노릇 먹는 체하며 거짓으로 입을 오물거리는 짓.
홑누더기 한 겹으로 된, 누덕누덕 기운 헌 옷.
회계 나가고 들어오는 돈을 따져서 셈을 함.

깊게 읽기

묻고 답하며 읽는 〈화수분〉

○ 배경

○ 인물·사건

○ 작품

○ 주제

1_ 가난했던 1920년대
'만주-노 호야 호오야'가 무슨 뜻이에요?
행랑이 무엇인가요?
화수분은 '나'를 왜 '나리'라고 부르나요?
화수분은 어떤 사람인가요?
화수분 집은 왜 그렇게 가난한가요?

2_ 화수분 가족의 비참한 삶
귀동이와 옥분이는 왜 버릇없게 행동하나요?
귀동이는 왜 마님을 따라갔나요?
화수분의 아내는 어떤 사람인가요?
화수분은 왜 울까요?
어멈이 보낸 편지는 어떤 내용일까요?
화수분 부부는 왜 얼어 죽었나요?

3_ 의도된 소설적 장치
'화수분'이 뭐예요?
왜 주인공 이름이 '화수분'인가요?
의성어와 의태어가 왜 이렇게 많나요?
주인 부부는 어떤 마음으로 화수분네를 대했나요?
왜 사건이 일어난 순서대로 이야기하지 않나요?

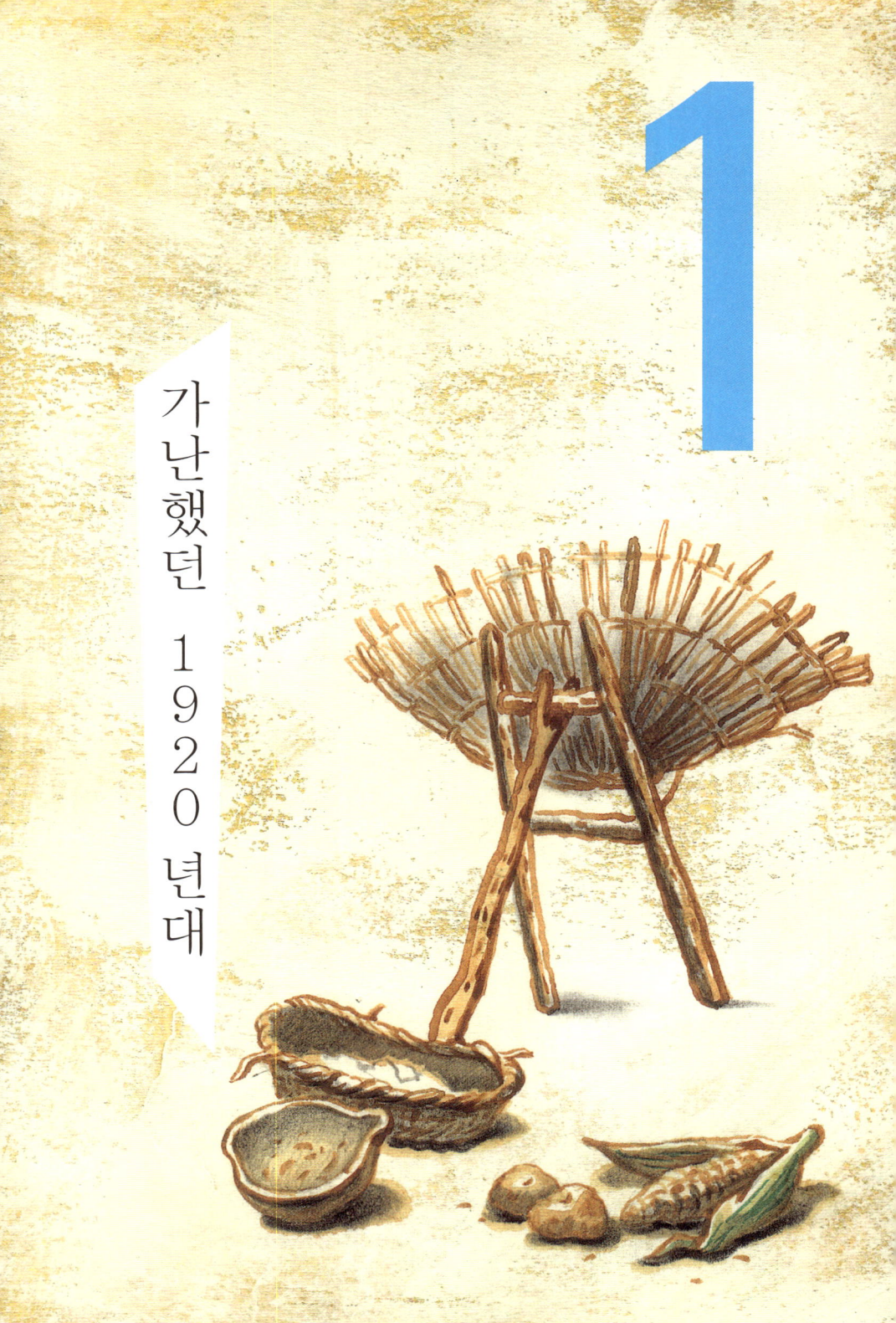

1

가난했던 1920년대

'만주—노 호야 호오야'가 무슨 뜻이에요?

첫겨울 추운 밤은 고요히 깊어 간다. 뒤뜰 창 바깥에 지나가는 사람 소리도 끊어지고 이따금 찬바람 부는 소리가 휘익 우수수 하고 바깥의 춥고 쓸쓸한 것을 알리면서 사람을 위협하는 듯하다.
"만주—노 호야 호오야."
길게 그러고도 힘없이 외치는 소리가, 보지 않아도 추워서 수그리고 웅크리고 가는 듯한 사람이 몹시 처량하고 가엾어 보인다.

무슨 소리인지 모르겠죠? 중국어 같기도 하고 일본어 같기도 하고……. 이 말은 '따끈따끈한 만주'라는 뜻이에요.
 '만주'는 '만두'를 가리키는 일본 말이에요. 밀가루나 쌀가루 반죽에 소를 넣고 찌거나 구운 과자를 말하지요. 속에 넣는 소는 팥, 콩, 고구마, 밤, 호두 같은 재료로 만들고, 주로 간식이나 선물용으로 많이 쓰이지요. 우리가 알고 있는 '만두'는 일본어로 '교자'라고 하는데, 이 과자와는 조금 달라요.

'노(の)'는 '~의, ~한'이라는 뜻이에요. '호야호야(ほやほや)'는 '갓 만들어서 따끈따끈하고 말랑말랑한 모양'을 뜻해요. 그러니까 '만주노 호야 호오야'는 '만주의 따끈따끈함'이라는 뜻이니, 결국 '따끈따끈한 만주 (사세요)'라는 뜻이 되는 거예요. 겨울밤에 "찹쌀~떡! 메밀~묵!"이라 외치며 밤참을 팔았던 것과 마찬가지라고 생각하면 돼요. 그런데 파는 것이 찹쌀떡이나 메밀묵이 아니라 '만주'인 것이지요.

이 소설은 1920년대를 배경으로 하고 있어요. 당시는 우리나라가 일본에게 많은 물자를 강제로 빼앗기던 때여서 우리나라 사람들 대부분이 어렵고 힘들게 살았어요. 그런데 밤중에 간식을 파는 사람이 다니는 것으로 보아, 이 동네는 그래도 여유 있는 사람들이 살고 있다는 것을 알 수 있어요. 화수분네는 여유 있는 동네에 있는 집의 행랑에 살고 있는 것이고요.

"만주—노 호야 호오야."라는 소리는 이야기의 첫 부분에서, 겨울에 접어들기 시작한 추운 날에 부는 찬바람 소리에 섞여 나지막하게 들려요. 이 소설의 이야기를 전해 주는 '나'는 그 소리가 힘없고 길게 들려서, 그것을 파는 사람도 추위 때문에 웅크리고 걷고 있을 것이고 불쌍해 보인다고 방 안에서 상상하고 있는 거예요.

행랑이 무엇인가요?

아범은 금년 9월에 그 아내와 어린 계집애 둘을 데리고 우리 집 행랑방에 들었다. 나이는 한 서른 살쯤 먹어 보이고, 머리에 상투가 그냥 달라붙어 있고, 키가 늘씬하고 얼굴은 기름하고 누르퉁퉁하고 눈은 좀 큰데, 사람이 퍽 순하고 착해 보였다. 주인을 보면 어느 때든지, 그 방에서 고달픈 몸으로 밥을 먹다가도 얼른 일어나서 허리를 굽혀 절하였다.

'행랑'은 큰 기와집의 대문 양쪽 또는 문간 옆에 있는 방을 일컫던 말이에요. 집안일을 하는 하인들이 여기에 살았지요. 행랑에 살던 하인들을 '행랑아범', '행랑어멈'이라 불렀어요.

 행랑이 여러 개 모인 건물을 '행랑채'라고 해요. 조선 시대의 기와집은 사랑채, 안채, 행랑채, 사당으로 나뉘어졌어요. 조선 시대에는 집안에서도 남자와 여자가 지내는 곳이 달랐는데, 사랑채는 남자들이 머물며 손님을 맞이하거나 자녀들을 교육시켰던 곳이고, 안채는 집안의 여자들이 생활하던 곳이에요. 사당은 돌아가신 조상을 모시는 곳이었죠. 행랑채는 하인들이 머무는 방, 부엌, 마구간, 창고 등으로 이루어져 있어요. 그래서 큰 기와집일수록 일손이 많이 필요해서 행랑

채를 길게 지었다고 해요.

　그런데 1894년 갑오개혁 때 신분제가 사라지면서 '노비'라는 신분이 없어지게 돼요. 하지만 행랑에 사는 사람들의 생활은 조선 시대와 비슷했어요. 이 소설의 배경인 일제 강점기의 서울에는, 일본의 토지 수탈 등으로 가난을 견디지 못해 농촌을 떠나 일자리를 찾아 올라온 사람들이 많았어요. 하지만 그들이 살 집이 부족했고, 집값도 매우 비쌌어요. 그래서 행랑을 얻어서 생활하는 경우가 많았지요. 도시에서 집을 소유하고 있는 사람들은 자기의 행랑을 노동자의 가족에게 빌려 주고 돈이나 노동력을 요구했어요. 방을 빌려 주고 청소나 빨래 같은 집안일을 시킨 것이지요.

행랑은 한 평(3.3제곱미터)도 안 되는 작은 방이었어요. 이런 방에 가족이 비좁게 끼어 살았던 것이지요. 그런데 일제 강점기 때 도시의 하층민 중에는 이러한 행랑도 구하지 못해 산에다 언덕을 파서 만든 굴에 살기도 했고, 땅을 파고 흙으로 지붕을 해 덮은 움집(토막)에 사는 사람들도 있었어요.

화수분네 가족도 농촌에서 서울로 올라온 다른 사람들과 비슷한 처지였어요. 재산이라고는 옷과 냄비밖에 없었지요. 화수분이 벌이하는 지게 하나가 있긴 하지만, 벌이가 거의 없어요. 그래도 운 좋게 주인집 대문간에 붙어 있는 방에 살게 되었어요. 아범은 집세를 안 내고 자신의 가족을 행랑에 살게 해 준 주인이 고마워서 주인이 보이면 언제든지 달려가서 허리를 굽혀 인사를 하지요. 그리고 화수분의 아내는 작은딸을 업고서 물을 긷고 김장을 하는 등 주인집의 심부름이나 궂은일을 하고 있어요.

화수분은 '나'를 왜 '나리'라고 부르나요?

'나리'는 자신보다 신분이 높거나 권세가 있는 사람을 높여 부르는 말이에요. 화수분은 행랑에서 살고 있기 때문에 집주인인 '나'를 '나리'라고 높여서 부르는 거랍니다.

화수분이 집주인인 '나'를 높여 부르는 것처럼 화수분의 아내도 집주인의 아내를 '아씨'라고 높여 부르고 있네요. 반면 '나'는 자기네 집 일을 해 주는 화수분을 대접하여 부르기 위해 옛날에 사용하던 '아범'이라는 말로 부르고 있어요. 그리고 화수분의 아내를 이르는 말인 '어멈'은, 종은 아니었지만 주인집 일을 해야 했던 당시 '행랑살이'의 모습을 담고 있는 말이기도 하네요.

이런 행랑살이는 의식주 가운데 '주'만 해결이 되는 상황이었지만, 화수분 내외처럼 행랑에 사는 경우는 그나마 나은 편이에요. 당시 농촌에서 서울로 떠나온 사람들 가운데 거지가 되는 경우도 많았거든요.

나리　지체가 높거나 권세가 있는 사람을 높여 부르는 말.
아씨　아랫사람들이 젊은 부녀자를 높여 부르는 말.
아범　나이 든 남자 하인을 조금 대접하여 이르던 말.
어멈　종이 아닌 신분으로 남의 집에 매이어 심부름하는 부인.

행랑어멈과 행랑살이

1920년대에 농촌에서 서울로 떠나온 농민들은 노동자가 되기도 했지만, 걸인이 된 사람도 많았어요. 만약 부부가 서울로 온 경우, 남편은 일일 노동자로 아내는 행랑살이로 지내는 경우가 대부분이었대요.

당시 '행랑어멈'은 '주인집에 고용된 가사 사용인'을 뜻하는 말이었으며, '359번'이라는 직업 번호까지 있었다고 해요. 행랑어멈이 하는 일인 '행랑살이'는 '주인집 행랑채를 빌려 살면서 가족의 최소한도 주(住) 생활이 해결되는 대가로 가장은 가끔씩 머슴살이를 하고 주부는 항상 가정부 노릇을 하는 상태'를 뜻해요.

1920~1930년대 행랑살이는 경성에 사는 직업이 있는 사람 13만 6728명 가운데 1만 2094명으로, 전체 직업 인구의 8.9퍼센트를 차지할 정도였어요. 이는 일일 노동자 1만 57명보다 더 많지요. 이처럼 행랑살이는 경성에서 첫 번째 직업으로 알려져 있었고, 행랑살이하는 사람 중 조선인이 무려 1만 829명으로서 전체의 89.5퍼센트에 해당했다고 하네요.

이러한 '행랑어멈'은 농촌을 떠난 농민들이 상경하면서 자신의 '노동력'만으로 생계를 이어 나갈 수밖에 없었기에 갖기 시작한 직업이에요. '행랑어멈'이란 직업이 유행하게 된 이유는 박태원의 소설을 통해 미루어 짐작할 수 있어요.

"우리가 행랑에 사람을 둔 것은 무슨 돈이나 많아서, 바로 호기 있게 살아 보려고 한 노릇이 아니다. 우리 식구만 쓰기에는 방이 많았고 더구나 행랑이란 주인의 사용할 처소가 아니어서, '그래, 방 하나 거져 주고, 잔심부름이나 시켜 먹자'는 데서 나온 생각이었다."

- 박태원, 〈재운(財運)〉

이렇게 당시 '행랑어멈'을 둔다는 것은 '생활의 여유'를 의미하지는 않았어요. 실제 여유가 있는 집은 머슴이나 하녀를 두었다고 해요. 따라서 집을 세 주는 대신 집안일을 거들어 주는 역할을 하던 직업으로서의 '행랑어멈'은 양반과 종이라는 과거의 주종 관계와는 다른 계층으로 볼 수 있어요.

화수분은 어떤 사람인가요?

지독하게 가난한 집의 가장인 화수분은 우직하고 착하며 가족에 대한 깊은 사랑을 가지고 있는 인물이에요. 화수분에 대한 여러 인물의 말을 통해 화수분이 어떤 사람인지 함께 살펴보도록 해요.

아내

남편은 참 불쌍한 사람이에요. 그 누구보다 순하고 착한 사람이 저와 어린 자식들 먹여 살리느라 많이 고생했지요. 가난 때문에 제가 귀동이를 남의 집에 주었다는 사실을 알고서는 밤새도록 서럽게 울며 슬퍼하던 따뜻한 아버지예요. 그뿐인가요? 내가 추운 겨울날 어린 옥분이를 데리고 당신을 찾아간다는 편지를 받고서는 아픈 몸을 이끌고 우리를 찾아 나설 정도로 가족에 대한 사랑이 깊은 사람이에요. 남편이 어렸을 때는 남부럽지 않게 살았다던데, 집안이 못살게 되기 시작하면서 참 고생을 많이 했어요. 원체 부끄러움이 많은 사람이지만, 자기 힘으로 집안을 꾸려 나가려고 노력했죠. 하지만 아무리 열심히 일해도 벗어날 수 없는 가난 때문에 많이 힘들었을 거예요.

주인

화수분을 처음 봤을 때의 모습을 아직도 기억해요. 나이는 한 서른 살쯤 되어 보였는데 퍽 순하고 착한 인상이었어요. 항상 저를 보면 허리를 굽혀 꾸벅 절을 하곤 했는데, 참 공손했지요. 화수분 가족이 처음 저희 행랑에 왔을 때 그들의 살림살이를 보고 깜짝 놀랐어요. 가구 같은 세간은 물론이고 밥 담아 먹을 그릇 하나, 숟가락 한 개가 없더라고요. 그저 입고 있는 옷과 조그만 냄비 하나, 지게 하나가 전부였지요. 하나 있는 지게는 화수분 가족의 유일한 생계 수단이더군요. 화수분은 이른 새벽에 지게를 지고 나갔다가 늦은 밤이 되어서야 돌아오곤 했어요. 그렇게 열심히 일했지만 대개는 벌이가 없어서 일찍 들어오거나 집에 있는 날도 종종 있었죠. 열심히 살아가려고 하지만 일할 수 있는 기회조차 없는 화수분의 모습이 안타까웠어요.

형(거부)

제 동생 화수분은 참 착한 사람이지요. 서울에서 자기 가족의 생계를 꾸려 나가기도 힘들었을 텐데, 다친 저를 위해 고향에 내려와 몸을 아끼지 않고 일을 하다가 몸져누울 정도로 형제애가 깊은 동생이에요. 글을 배우지 못한 화수분이 아내가 보낸 편지를 듣고서는 한달음에 달려가는 모습을 보면서 가족을 사랑하는 동생의 마음을 다시 한 번 느낄 수 있었죠.

평론가

가난한 삶에서 벗어나기 위해 열심히 살아가지만 화수분의 삶은 좀처럼 나아지지 않아요. 가난 때문에 자기 자식을 남의 집에 보내야만 하는 상황에 처하고 결국 비극적인 죽음을 맞이하게 되는 화수분의 삶은 당시의 시대 상황과 연결 지어 생각해 볼 수 있어요. 화수분이 가난한 이유는 그가 게으르다거나 불성실하기 때문이 아니에요. 열심히 일하려고 하지만 일할 수 있는 기회가 적고, 하루 종일 일을 한다 해도 하루 끼니조차 이어 나가기 힘들죠. 이처럼 극도로 가난한 화수분의 삶은 1920년대 식민지 시대를 살았던 우리 민족의 삶이기도 해요. 아마도 작가는 화수분을 통해 1920년대를 살았던 우리 민족의 비참한 삶을 보여 주고자 한 것은 아닐까요?

화수분 집은 왜 그렇게 가난한가요?

화수분네 가족은 농촌에서 살다가 도시로 와서 살게 된 사람들이에요. 농촌에서는 농사지을 땅이 없어서 도시로 오게 된 것이지요. 도시에 왔지만 집도 마련할 수 없어 남의 집에서 행랑살이를 하게 돼요. 서른이 다 된 나이에 마땅한 직업이 없는 화수분은 자식까지 남의 집에 보내야 할 만큼 가난했어요.

1920년대 우리나라 사람들은 어떻게 살았을까요?
당시 우리나라 사람들은 대부분 농촌에서 농사를 지으면서 살았어요. 농사를 지으려면 논이나 밭이 필요한데, 우리나라를 강제로 빼앗은 일제가 토지 제도를 개혁한다면서 우리나라 사람들의 땅을 빼앗았어요. 이 과정에서 자기 땅을 잃은 농민들이 많아졌지요.

땅이 없어진 농민들은 먹고살기 위해 도시로 몰려들었어요. 그래서 도시가 커지고 이전에 없던 일자리도 생겨났지요. 하지만 도시로 사람들이 몰려들면서 여러 가지 문제가 생겼는데, 우선 사람들이 살 집이 모자랐어요. 기록에 따르면, 서울에 1만 5천 가구가 살 집이 부족했대요. 그래서 자기 집이 없는 사람들은 월세로 살기도 했어요. 초가집은 3원에서 5원, 기와집은 5원에서 7원 정도였다고 하네요.

월세를 낼 수 있는 사람들은 그나마 형편이 나은 사람들이었어요. 월세를 낼 수 없는 사람들은 남의 집 '행랑살이'를 할 수밖에 없었지요. 행랑은 원래 하인들이 살던 곳이에요. 그래서 화수분이 집주인인 '나'에게 그렇게 깍듯했나 봐요. 행랑도 얻지 못한 사람들은 '토막'이라고 하는 흙집을 지어 살거나 노숙을 했어요.

그리고 일자리도 턱없이 모자랐어요. 도시에 새로운 일자리가 생기기도 했지만, 몰려든 사람들이 워낙 많아 일자리를 구하기 어려웠지요. 당시 20만 명 이상이 빈민이었다고 하네요. 그때 경성 인구가 28만 명이었으니까, 열 명 가운데 일곱 명이 빈민이었던 셈이에요. 그런 사람들이 서울 주변 야산의 나무를 잘라 땔감으로 쓰기도 하고 팔기도 해서 주변 산에 나무가 없어질 정도였지요. 또 인력거꾼이 되거나 지게 짐을 지며 사는 사람들도 많았어요. 그리고 당시에는 '거지'도 직업 가운데 하나였다고 합니다.

농사를 짓고도 밥을 못 먹는다?

일제는 우리나라를 식민지로 만든 후에 식민지 경제 체제를 세우려고 '토지 조사 사업'을 벌여요. 토지 조사 사업은 일본에 막대한 이익을 주게 되었고, 우리 농민은 그만큼의 손해를 보게 되었어요. 또 일본은 우리나라를 식량 공급지로 만들기 위해 '산미 증식 계획'을 세워요. 이 계획도 토지 조사 사업처럼 일본인에게는 유리하고 우리나라 사람들에게는 불리한 것이었어요.

산미 증식 계획으로 쌀 생산량은 늘었지만 일본으로 빠져나가는 유출량이 더 빠르게 증가했어요. 그래서 쌀값도 비싸졌을 뿐 아니라 쌀 소비량도 줄어들게 되었지요. 1인당 쌀 소비량을 비교해 보면 우리나라 사람이 일본인의 절반도 안 되었어요. 쌀이 비싸지니 쌀보다 저렴했던 잡곡을 먹게 돼서 잡곡 소비량은 늘었다고 해요.

결국에는 농사를 짓고도 밥을 먹지 못하는 일이 벌어져요. 이상하게도 농부가 농사를 지을수록 가난해지는 거예요. 그래서 결국 절대 빈곤에 빠진 농부들이 농촌을 빠져나가요. 1925년 한 해 동안에 농촌을 떠난 인구가 15만 명을 넘었다고 해요. 이후에도 계속 늘어났고요. 농촌을 떠난 사람들은 걸인이 되거나, 화전민이 되거나, 일본·만주·시베리아 등으로 일자리를 찾아가거나, 도시로 일자리를 찾아 모여들어 이른바 토막민이 돼요. 점점 빈곤의 정도가 심해지는 거예요.

조선총독부 통계에 의하면 1926년에 세궁민(細窮民, 매우 가난한 사람)이 총인구의 11퍼센트인 약 215만 명, 걸인이 1만 명이었다고 해요. 그런데 5년 뒤인 1931년에는 세궁민이 총 인구의 25퍼센트인 약 520만 명, 걸인이 16만 명으로 늘어났답니다.

통계만으로도 일제 강점기에 살았던 사람들이 얼마나 힘든 삶을 이어 갔는지 짐작할 수 있을 것 같네요.

귀동이와 옥분이는 왜 버릇없게 행동하나요?

화수분의 두 딸인 아홉 살 귀동이와 세 살 옥분이는 늘 배가 고파요. 화수분네 가족은 밥 지을 쌀도 없고 하루에 두 끼도 못 먹으니까요. 이러한 배고픔이 어린 두 딸의 말과 행동을 통해 그대로 표현되고 있어요. 귀동이가 어른들의 말을 잘 듣지 않고 욕을 한다거나, 옥분이가 내내 울고 소리 지르며 먹을 것을 빼앗아 혼자 먹는 것은 결국 배고픔 때문이라고 볼 수 있어요.

여러분은 배가 고픈데 당장 먹을 것이 없을 때 어떻게 하나요? 참아 볼 수도 있겠지만, 곧 짜증이 밀려오면서 신경도 날카로워지고 그러다 더 이상 참지 못하고 먹을 것을 찾게 되지 않나요? 그런데 배고픔을 해결할 수 없는 상황이라면 어떨까요? 게다가 하루 이틀이 아니라 오랜 시간 배고픔을 해결하지 못한 채 지내게 된다면?

화수분의 두 딸은 오랜 시간 배고픔 속에서 지내 온 것 같아요. 귀동이와 옥분이가 어른이거나 적어도 철이 든 나이였다면, 이런 상황을 견디고 이겨 내려 노력할 수도 있고, 일부러 밝은 표정을 지으며 힘차게 살아가는 모습을 보일 수 있었겠지요. 하지만 아직 아홉 살과 세 살인 어린아이들이라 가난으로 인한 배고픔을 그대로 말과 행동으로 드러내 보이고 있는 거랍니다.

언제 먹을 것이 생길지 모르는 상황에서 먹을 것에 대한 집착은 커질 수밖에 없어요. 귀동이가 어머니의 헛입노릇에 "무얼 혼자만 처먹어?"라고 예민하게 반응하는 것도 그 때문이지요. 그리고 배고픔을 해소해 줘야 할 부모가 그렇게 하지 못하고 있기 때문에 자기 어미에게 "왜 야단이야."라는 막말까지 하는 거예요.

옥분이가 매일 울음으로 지내는 것도 마찬가지예요. 가난했고 늘 먹을 것이 없었기에 심술 사나운 언니 귀동이의 먹을 것까지 빼앗아다가 웅크리고 혼자 먹게 되는 것이지요. 그리고 아직 엄마 젖을 먹고 있는 아기이기에 엄마가 배고픔을 해결해 줄 유일한 존재로 생각되어 늘 엄마 등에 업혀 지내고, 만약 내려놓으면 묶여 가는 돼지 소리로 동네가 요란하도록 소리 지르는 행동을 하는 것이지요.

귀동이와 옥분이의 행동을 통해 우리는 처절하게 가난한 화수분네 가족의 삶을 더욱 절실하게 느끼게 되는 것이랍니다.

귀동이

이르는 말은 하나도 듣는 법이 없다. 그 어미가 아무리 욕하고 때리고 하여도 볼만 부어서 까딱없다. 도리어 어미를 욕한다. 꼭 서서 어미보고 눈을 부르대고 "조 깍쟁이가 왜 야단이야." 하고 욕을 한다. 먹을 것이 생기면 자식 먹이고 남편 대접하고 자기는 늘 굶는 어미가 헛입노릇이라도 하는 것을 보게 되면 "저 망할 계집년이 무얼 혼자만 처먹어?" 하고 욕을 한다. 다만 자기 어미나 아비의 말을 아니 들을 뿐 아니라 '주인 마누라'나 '주인 나리'가 무슨 말을 일러도 아니 듣는다. 먼 데 있는 것을 가까이 오게 하려면 손수 붙들어 와야 하고, 가까이 있는 것을 비키게 하려면 붙들어다 치워야 한다.

옥분이

여태 말도 도무지 못하고 새벽부터 하루 종일 붙들어 매여 끌려가는 돼지 소리 같은 크고 흉한 소리를 내어 울어서 해를 보낸다. 울지 않는 때라고는 먹는 때와 자는 때뿐이다. 그러나 먹기는 썩 잘 먹는다. 먹을 것이라도 눈앞에 보이기만 하면 죄다 빼앗아다가 두 다리 사이에 넣고 다리와 팔로 웅크리고 '웅웅' 소리를 내면서 혼자서 먹는다. 그렇게 심술 사나운 큰계집애도 다 빼앗기고 졸연해서 얻어먹지 못한다. 이렇기 때문에 작은것은 늘 어미 뒷잔등에 업혀 있다. 만일 내려놓아 버려두면 그냥 땅바닥에 벗은 몸으로 두 다리를 턱 내뻗치고 묶여 가는 돼지 소리로 동리가 요란하도록 냅다 지른다.

귀동이는 왜 마님을 따라갔나요?

귀동이가 마님을 따라간 까닭은 '배고픔' 때문이에요. 이 소설을 읽다 보면 주인집 아이가 감을 먹다가 버린 감꼭지를 귀동이가 주워서 빨아 먹는 장면이 있어요. 여러분도 배가 정말 고픈데 돈이 없었던 경험이 있을 거예요. 그럴 때면 동네 빵가게의 빵과 편의점 라면이 눈에 들어오지요. 하지만 여러분은 그걸 빤히 보고 있지는 않아요. 다른 사람들이 자기를 이상하게 보지 않을까 하고 걱정하기 때문이지요. 하지만 귀동이는 달라요. 아직 어리거든요. 그래서 먹고 싶으면 먹으려 하고 갖고 싶은 것이 있으면 가지려 하지요. 철없는 아이가 남이 보는데도 바닥을 구르면서 사 달라고 하는 것처럼 말이에요.

그러면 여러분은 이렇게 이야기할 거예요. "그래도 아직은 아인데, 엄마가 더 좋지 음식이 좋겠어요?"라고요. 맞아요. 하지만 배가 고프고 힘든 시간이 오래 계속되면 엄마나 가족보다 음식과 옷이 더 좋다고 생각할 수도 있어요.

그렇다면 마님은 왜 귀동이를 데려갔을까요? 그것은 당시 사회의 관습이었어요. 화수분네 가족이 힘들게 산다는 말을 듣고 도와주기 위해서라고 생각할 수도 있지만 좀 더 생각하면 그렇게 단순하지 않아요. 여러분도 '입양'이라는 말을 들어 보았지요? 우리나라에 입양에

관한 법이 만들어진 것이 한국 전쟁 이후래요. 전쟁 중에 부모를 잃은 아이를 외국에 입양하는 과정에서 생긴 것이지요. 그런데 이 소설의 시대 배경이 1920년대니까 '입양'이란 단어가 생기기 한참 전이네요.

입양은 자녀가 없는 집에서 남의 자식을 데려다 자기의 자식으로 삼는 일인데, 주로 남자아이를 데려다가 자기 집안의 대를 잇는 게 목적이었어요. 집안의 대를 잇는 것이라 주로 형제나 친척의 자녀를 입양했지요.

또 의문이 생기지요? 마님과 화수분네는 친척도 아니고 귀동이는 여자아이였어요. 마님이 귀동이를 데려간 건 '자기 아이를 돌봐주는 보모'가 필요했기 때문일 거예요. 당시 기록을 보면, 흉년과 전염병으로 부모가 죽어 돌봐 줄 수 없는 경우 아이를 데려다 노예로 삼았다는 내용이 있어요. 이것은 우리 사회에서 오랫동안 내려와서 인정되었던 '사회적 약속'이라고 볼 수 있어요.

그렇다면 귀동이 엄마와 아빠는 왜 귀동이를 마님에게 보냈을까요? 그건 지독한 가난 때문일 거예요. 마음으로는 보내고 싶지 않았어요. 엄마가 귀동이에게 여러 번 따라갈 거냐고 물었을 때 따라가겠다는 귀동이의 대답에 독한 년이라고 욕하는 모습을 보면 보내고 싶지 않은 엄마의 마음을 알 수 있어요. 또 귀동이 아빠는 엄마가 어떻게 하느냐고 물었을 때 '당신이 알아서 하라'고 했지만 정작 떠나보낸 날 저녁에도 앓고 있는 상황에서도 귀동이의 이름을 부르며 우는 것을 보면 보내고 싶지 않았다는 것을 알 수 있어요.

하지만 앞으로 다가올 겨울을 지날 일과 배 속에 있는 아이까지 생각해야 하는 상황에서 어쩔 수 없이 귀동이를 보낼 수밖에 없었지요. 그러면 화수분네 가족은 양식을 아낄 수 있고 마님을 따라간 귀동이는 먹을 것이라도 제대로 먹을 테니까요. 그렇다 하더라도 가족이 깨어진다는 것은 엄청난 슬픔이에요.

입양이란?

입양이란 혈연관계가 아닌 사람들 사이에서 법률적으로 부모와 자녀의 관계가 만들어지는 것을 의미해요. 입양을 통해 친부모에게 보호받을 수 없는 아이들에게 새로운 부모가 생기는 거지요. 자식이 없는 부부는 이러한 입양을 통해서 부모의 역할을 할 수 있게 돼요. 물론 자녀가 있는 경우에도 더 많은 자녀를 원하는 부모가 입양을 하기도 하죠.

이러한 입양은 언제, 어떤 형태로 시작되었을까요? 고려 시대와 조선 시대에는 가문을 계승하고 집안의 재산을 상속하는 목적으로 이뤄지는 입양이 대부분이었어요. 특히 숙종 때(1696)는 흉년 시기에 부모, 보호자가 없어서 입양한 아동에게 3개월 내에 친부모가 나타날 경우, 도로 데려갈 수 있으나 그동안 양육에 소요된 곡물을 두 배 보상하는 제도가 있었어요. 또한 조선 시대 법전인 《경국대전》에서는 우리나라의 입양에 대한 최초의 기록을 찾아볼 수 있어요. 춥고 배고파 떠돌아다니는 아이들 중에서 가족이나 친척이 없는 자에 대해 의료 혜택과 식량을 나라에서 준다는 내용이 있는데, 이를 제도적인 입양의 시작으로 보고 있어요.

한편 1950년 한국 전쟁 이후에 전쟁고아에 대한 대책으로 국외 입양이 시작되었어요. 급격히 늘어 가는 전쟁고아, 혼혈 아동, 미혼모의 아이들을 국내 형편으로는 도저히 감당할 수가 없어서 합법적으로 수출(헉, 아이들을 수출하다니)하고자 특별법이 제정되기도 했지요.

그러나 1988년 서울올림픽 당시에 한국 아동의 국외 입양이 사회적 관심과 비난의 대상이 되었어요. 그래서 정부는 국내 입양을 활성화하는 방향으로 지침을 마련하였고, 1996년 이후부터는 장애아와 혼혈아를 제외한 국외 입양을 중단하려는 노력을 했어요. 그 이후에도 국내 입양의 활성화를 위해 국내 입양 저해 요인을 제거하고, 해외 입양의 사후 관리 등을 의무화하는 등의 내용이 담겨진 법이 제정되었답니다.

화수분의 아내는 어떤 사람인가요?

화수분의 아내는 순박하고, 착하고, 어린 자식들을 위해 밤낮으로 고생하는 희생적인 어머니예요.

글을 배우지 못한 화수분의 아내는 날짜를 셀 줄 몰라 자식들의 생일도 몰라요. 다른 사람을 속이거나 자신의 일에 꾀를 부리는 일도 없어요. 가난한 현실에서 벗어나기 위해 무슨 일이든지 주인마님이 시키는 일은 열심히 하는 성실한 사람이지요. 자기는 굶어도 자식들 밥을 먼저 챙기고, 밤낮 어린 자식을 업은 채 하루 종일 물 긷고 걸레질하고 빨래하는 등 고생하며 힘들게 살아가요.

이렇게 자식들을 위하며 살아가던 아내는 가난한 가정 형편 때문에 결국 어쩔 수 없이 어린 딸을 입양 보내게 돼요. 또 화수분의 아내는 고향에 내려간 화수분이 오랫동안 소식이 없자 주인집에 편지를 부탁하고 직접 남편을 찾아가는 등 적극적인 모습도 보여 주지요.

이렇듯 평생을 남편과 어린 자식들을 위해 희생하며 살았던 화수분의 아내는 남편을 찾아 떠난 길에서 얼어 죽는 비극적인 마지막을 맞게 돼요. 화수분과 화수분의 아내가 둘째 딸을 껴안고 추운 밤을 지새우며 나눴을 가상의 대화를 상상해 보면서 화수분의 아내에 대해 좀 더 알아보기로 해요.

어쩌자고 이 추운 날에 홑몸도 아닌 몸으로 이 어린것을 데리고 먼 길을 떠나왔단 말이오?

이제야 겨우 당신을 만났네요. 나는 당신이 오랫동안 아무런 연락이 없어서 혹시 잘못된 줄 알고 걱정했어요. 주인어른에게 부탁해서 당신에게 편지를 보냈는데 아무 소식이 없기에……. 어린것을 데리고 당신 없이 겨울을 지낼 일이 막막해서 당신을 찾아 나섰지요.

그래서 길에서 밤을 지내려 했단 말이오?

주위에 몸을 녹일 집은 보이지 않는데 밤은 깊어지고 추위는 점점 심해졌어요. 어쩔 수 없이 소나무 아래로 와서 눈 위에 나뭇가지를 깔고 어린것을 껴안고 밤을 보내려고 했어요. 그래도 이 어린것만은 꼭 지켜 주고 싶은 마음에……. 가난 때문에 귀동이를 얼굴도 모르는 남에게 주었는데, 옥분이마저 잃을 수는 없잖아요.

귀동이를 남의 집에 보내면서 얼마나 속상했소?

눈에 넣어도 아프지 않을 사랑스런 우리 자식들이잖아요. 귀동이가 아직 철이 없어서 '짐승 같은 계집애'라고 거칠게 말하기도 했지만, 저도 처음에는 귀동이를 다른 집에 보낼 생각이 없었어요. 그런데 그놈의 가난 때문에……. 그 어린것이 주인집 어린애가 먹다 버린 감꼭지를 주워 먹는 모습을 보는데, 집에 두고 굶기는 것보다는 낫겠다고 생각했어요. 하루 종일 죽도록 고생하며 일을 하고, 적은 음식이라도 생기면 자식들을 먼저 챙기려고 노력했지만 우리 형편이 나아지지 않았잖아요. 그래서 혹시나 하는 마음으로 귀동이를 데리고 쌀가게 아주머니가 말한 마님을 만나러 갔는데, 그 철없는 것이 호떡이랑 군밤, 감을 먹는 데 정신이 팔려 마님을 따라가겠다고 하는 거예요. 어찌나 속상하고 가슴이 아프던지 눈물도 안 나더라고요. 그래서 당신 저녁 지어 줄 생각도 못하고 밖을 돌아다녔어요. 아무 일도 할 수가 없었거든요.

당신같이 착한 사람이 어린 자식을 남의 집에 보내면서 얼마나 힘들었을지 잘 알지. 당신은 평생을 자식들을 위해 희생하며 살았잖소.

어쩔 수 없이 귀동이를 그렇게 떠나보냈지만, 옥분이만은 지켜 내고 싶어요. 그런데 너무 춥네요, 여보. 우리가 못나서 어린 자식들을 힘들게만 했지만, 우리 둘이 힘을 합쳐 어떻게든 우리 옥분이만은 지켜 내요.

어린것을 사이에 두고 서로를 꼭 껴안는 화수분 부부. 헌 누더기를 여미며 보지만 차가운 바람은 더욱 거세지기만 한다. 화수분 부부의 모습 위로 하얀 눈이 쌓인다.

화수분은 왜 울까요?

나는 자다가 꿈결같이 "으으으 으으으" 하는 소리를 들었다. 잠깐 잠이 반쯤 깨었으나 다시 잠들었다. 잠이 들려고 하다가 또 깜짝 놀라서 깨었다. 그리고 아내에게 물었다.

"저게 누가 울지 않소?"

"아범이구려."

"귀동아, 귀동아, 어델 갔니? 잘 있니……."

그러다가는 흐득흐득 느끼면서,

"그렇게 먹고 싶어 하는 사탕 한 알 못 사 주고 연시 한 개 못 사 주고……."

하고 소리를 내어 어이어이 운다.

그럴 때에 어멈의 편지가 왔다. 뒷집 기와집 진사 댁 서방님이 읽어 주는 편지 사연을 듣고,

"아이구, 옥분아(작은계집애를 이름), 옥분이 에미!"

하고 또 어이어이 운다.

우리 집은 양평에서 남부럽지 않게 살았어요. 하지만 점점 집안이 기울었지요. 그래서 일자리를 찾아 서울로 온 거예요. 다행히 아는 사람의 소개로 지금 살고 있는 행랑에 들게 되었고요. 하지만 서울에 사는 사람 수에 비해 일자리가 턱없이 모자랐어요.

내가 일을 못 하면 식구들이 굶어요. 일이 있을 때는 그래도 밥을 먹을 수 있지만 그렇지 않을 때는 먹지도 못하고 그냥 누워서 버티며 지내요. 임신한 아내와 두 아이에게 끼니조차 먹이지 못할 때는 정말 마음이 아파요. 자식들에게 잘하고 싶은데 그러지 못해서 늘 안타깝고 미안해요. 그렇다고 시골로 돌아갈 수도 없어요. 살기 힘들어 서울로 왔으니까요.

어느 날 일감을 구하러 갔다 와 보니 큰애가 남의 집에 살러 가 버렸어요. 잘 못 먹이고 못 입히더라도 내 손으로 자식을 키우고 싶은 게 부모 마음이잖아요. 아내가 귀동이를 다른 사람에게 보내 볼까 하는 소리를 했을 때, "내가 아나, 임자 마음대로 하게그려."라고 했지만, 실은 말도 안 되는 소리라고 생각했어요. 그런데 귀동이는 배고픔 때문에 남을 따라가 버린 거예요.

나는 평소에 좀 무뚝뚝하고, 말수도 적고, 감정 표현도 서툴러요. 그런데 큰 소리로 울어 버렸어요. 울음소리가 행랑 건너 주인집에까지 들릴 정도로요. 가족을 이끌고 서울로 왔지만 뾰족한 수가 없고, 끼니조차 제대로 먹이지 못해 미안하고, 가장으로서 무능한 것이 괴롭고, 열심히 일하려고 해도 일자리가 없어 막막하고, 자식을 남에게 보내 버린 내가 원망스럽고, 그리고 그런 걸 다 알면서도 아무것도 할 수 없고……. 이런 마음이 울음으로 터져 나온 것 같아요.

지금은 형이 다쳐서 추수를 도와주러 양평에 와 있어요. 식구들 끼니가 걱정되어 주인집에 부탁하고 왔지만 그것도 하루 이틀이지요. 일을 빨리 마치고 쌀을 가지고 가야 식구들을 먹일 수 있어요. 그런데 마음이 급해 무리하게 일하다 보니 쓰러지고 말았어요. 열이 많이 나고 온몸이 욱신거리고 정신도 없어요. 그래도 나보다는 식구들 걱정이 앞서네요. 그중에서도 큰딸 귀동이가 가장 안타까워요. 쌀을 가져가더라도 쌀밥 한번 먹여 볼 수 없으니까요. 귀동이도 가엾고, 내 처지도 서러워요. 아무리 가난해도 가족은 헤어져 살면 안 되는 건

데……. 게다가 이렇게 아파서 누워 있으니 날짜만 자꾸 지나가요. 이제 서울에 있는 가족이나 강화도로 간 귀동이를 생각하기만 해도 눈물이 나요. 참아 보려고 하지만 울음소리가 밖으로 새는 것을 막을 수가 없어요.

앓아누워 있는데 서울에서 편지가 왔어요. 글을 읽을 줄

몰라 다른 사람이 읽어 주는 것을 듣고 내용을 알았지요. 아내가 보낸 편지예요. 끼니를 걱정하는 내용이에요. 내가 빨리 가지 못해 식구들이 굶는다고 생각하니 또 눈물이 나요. 그런데 아내가 임신한 몸으로 옥분이를 데리고 여기로 온다고 하네요. 아내와 옥분이는 추위를 막을 수 있는 변변한 옷도 없는데 말이지요. 옥분이와 아내는 아무리 빨리 걸어도 하루 안에 양평까지 올 수가 없어요. 돈도 없고 먹을 것도 없을 텐데, 더구나 한뎃잠을 자야 할 텐데. 내 몸도 정상이 아니지만 걱정이 되어 도저히 누워 있을 수가 없어요. 나 때문에 옥분이도 남의 집에 가서 사는데, 나머지 가족이 길에서 얼어 죽으면 안 되잖아요. 걱정스럽고 서러워서 또 울음이 나요. 빨리 마중 나가 봐야겠어요.

어머니 보낸 편지는 어떤 내용일까요?

귀동이 아버지께

나리께 부탁드려 이렇게 편지를 보냅니다.
작은아주버님께서 도끼에 발을 찍혀 추수나 해 주고 돌아오겠다고 떠난 지 벌써 보름이 넘었어요. 김장때도 다 지나고 이제는 눈까지 내렸어요.
아무리 늦어져도 추수는 벌써 끝났을 텐데 왜 이렇게 돌아오지 않으세요?
기약한 날이 지나도 너무 많이 지났는데 아직도 아니 오시니 어디 아프시기라도 한 건가요? 아니면 거기에 무슨 큰 일이 생겨서 못 오시는 건가요?
방에 불을 때는 것은 아예 생각도 못하고, 입에 풀칠할 것만 나리 댁과 동네 사람들 덕에 얻어먹고 있어요. 지금까지는 어찌어찌 버텨 왔는데 얻어먹는 것도 한두 번이지, 이제는 더 이상 먹을 것을 구할 곳도 없어요.
눈도 오기 시작했고 이제 일감도 없어요. 손을 벌려 볼 곳도 없고요.

> 언제나 돌아오실 건가요?
> 금방 돌아오지 못할 거라면 제가 애를 데리고 그곳으로 가겠어요.
> 그게 살길인 것 같아요.
> 빨리 돌아와 주세요. 배는 나날이 불러 오는데 걱정이에요.
>
> 귀동 어미 올림

　화수분의 지게에 기대어 겨우겨우 살아왔던 가족인데 가장인 화수분은 발을 다친 둘째 형의 일을 도와주러 양평으로 가 버렸어요. 남은 어멈과 옥분이는 당장 먹고살 일이 문제예요. 남편이 있을 때도 하루에 세 끼를 먹는 일이 어려웠는데, 이제 가장이 대책 없이 떠나 버린 상태가 되었어요. 그래도 어멈이 주인집이나 동네 일손을 도와주고 다소나마 식량을 얻어 가며 버텼겠지요.

　그러나 추수도 끝나고, 김장철도 끝나고, 이제 눈까지 내려요. 일거리가 적어졌다는 뜻이지요. 일거리도 적은 데다가 어멈은 애를 업고 일을 해야 해요. 게다가 다릿병을 앓고 있고 며칠 전에는 손가락까지 다쳤어요. 일거리 구하기가 더 힘들어요. 일거리가 없으면 먹을 것을 구할 수가 없어요. 남편이 어서 추수를 끝내고 쌀자루를 지고 돌아오기를 기다려요. 하지만 날짜는 자꾸만 지나가고 먹을 것을 구하기는 점점 힘들어져요.

　하지만 남편이 있는 곳으로 바로 떠나지는 못하고 편지를 보내려고 해요. 빨리 돌아오라고 전하려는 거예요. 글을 모르니 주인댁에 부탁해 쓰고요. 그러나 과로로 쓰러져 고열에 시달리며 정신을 차리지 못하고 있는 남편은 답장을 보내지 못해요. 답장이 올 만한 시간이 지나자 이제는 도저히 견딜 수가 없어서 해산을 얼마 남겨 놓지 않은 몸으로 애를 데리고 남편을 찾아 떠나요. 주변 사람들에게서 먹을 것을 얻는 것도 이제는 더 이상 못할 형편이고, 그게 유일한 해결 방법이었을 거예요.

우리나라 우편 통신의 발전

예전에는 북, 신호연, 봉화, 파발 따위로 소식을 전했어요. 특히 파발은 공문을 급히 보내기 위해 설치한 역참(驛站)을 말하는데, 역참은 대개 21리(약 8.2킬로미터)마다 있었고 사람과 말을 갖추고 있어서, 중요한 내용을 빠르게 전달할 수 있었다고 해요.

우리나라의 우편 통신은 1884년 홍영식에 의해서 한성의 우정총국과 인천의 우정분국 간의 우편 업무를 개시하면서 시작되었어요. 이후 통신 산업은 1898년 전국에 임시 우체국을 설치하는 등 착실히 성장했지만, 일제에 의해 1905년 통신권을 박탈당하면서 암흑기를 맞았고, 미군정 이후 1948년 8월 15일 비로소 대한민국 체신부가 탄생하였어요.
그러다 6·25 전쟁으로 우편 사업은 또 한 번의 시련을 겪었지만, 1960년 우편법 공포, 1970년 세계 15번째 우편번호 실시, 1979년 EMS 국제특급 실시 등으로 질적·양적 향상과 눈부신 발전을 이룩하였어요. 특히 2000년 우정사업본부 출범 이후에 첨단 IT를 기반으로 우편 물류 시스템을 구축하고 저렴한 요금으로 우편 서비스를 제공하고 있어요.

개화기에 도입된 우정은 집배원들의 수난 속에서 발전했어요. 당시 '체전부'라 불린 오늘날의 집배원은 완고한 양반들로부터 멸시를 받았지만 개화기의 통신 분야에서 중요한 역할을 해 왔지요. 갑신정변 후 10여 년 만에 우편이 재개되었을 때만 해도 서울 장안에서 접수된 우편물은 보름 동안 137통 정도였을 만큼 그 당시 널리 이용되지는 않았어요. 하지만 차츰 우편의 편리함을 알게 되면서 이용량이 증대되었고, 체전부는 '체부', '체주사', '체대감'이란 호칭으로 부르기도 했으며, 1967년에 들어 집배원의 날이 제정된 후 지금까지 '집배원'으로 불리고 있어요.

화수분 부부는 왜 얼어 죽었나요?

 행랑에서 양평까지는 대략 70킬로미터예요. 화수분의 아내는 여자의 몸으로, 임신 중인 상태에서, 등에 세 살배기를 업은 채, 다릿병으로 다리도 잘 못 쓰는데 추위 속에서 눈을 헤쳐 가며 먼 길을 길동무도 없이 걸어가야 해요.

 보통 사람이 한 시간에 4킬로미터 정도를 걷는다고 하면, 화수분 아내는 빨리 걸었다고 해도 그 절반 남짓의 속도였을 것 같아요. 그렇다면 한 시간에 2~3킬로미터 정도를 갈 수 있었겠지요. 아침에 떠났다고 하니 일곱 시쯤 출발했다고 치면, 해 질 무렵(대략 오후 6시쯤)까지 열한 시간을 걸은 셈이네요. 그렇다면 25~30킬로미터 정도를 갔을 거예요. 그래도 아범이 있는 곳까지 가려면 40킬로미터는 더 가야 합니다.

힘든 상황에서 열 시간을 넘게 걸었으니 얼마나 힘이 들었을까요. 이제 날은 어두워지고, 주위에 집은 없고, 그래서 화수분 아내는 추위와 바람을 피할 곳으로 소나무 밑동을 택해 나뭇가지를 깔고 옥분이를 안고 밤을 지내 보려고 했던 것 같아요.

화수분은 몸살과 고열로 앓아누웠다가 아내가 보낸 편지를 받아요. 편지 내용을 듣고 울다가 이대로는 안 되겠다 싶어서 아내와 옥분이를 마중하기 위해 벌떡 일어나 길을 나서지요. 그런데 출발 시간이 낮 12시쯤이에요. 아픈 몸으로 나는 듯이 걸어 백 리를 갔어요. 1리가 약 0.4킬로미터니까 40킬로미터 정도를 갔네요. 반나절 동안 쉬지 않고 '힘차게 걷기'를 한 것이지요. 아픈 몸으로 정말 초인적인 힘을 발휘한 거예요.

결국 가족이 만났어요. 하지만 이미 날이

깊게 읽기 69

어두워졌고 화수분 부부는 더 이상 움직일 힘이 없어요. 체력은 이미 바닥이 났고, 오래 걸어서 땀에 젖기도 했지요. 그런데 날이 엄청 추워요. 더 이상 움직이지 못하니 젖은 옷은 밖에서부터 서서히 얼어 오기 시작해요. 냉기가 몸에 스멀스멀 스며들지요. 하지만 화수분 부부는 추위를 견디고 아이를 지키기 위해, 옥분이를 사이에 두고 서로 끌어안고 있어요. 그러나 결국 추위가 부부의 체온을 앗아 가고 말았어요.

몸속에서 만들어 내는 열보다 밖으로 빼앗기는 열이 더 많으면 체온이 떨어지기 시작해요. 화수분 부부는 열심히 걷느라 에너지를 소모해서 이미 열을 많이 빼앗겼어요. 그리고 몸에 새로 열을 내게 해 줄 먹거리도 없지요. 체온을 뺏기지 않게 해 줄 두툼한 옷도 없고요. 어멈은 홑옷을 입고 있고, 화수분은 넝마를 입고 갓을 썼을 뿐이에요. 눈보라 속에서 부부의 몸이 서서히 식어 가요.

사람의 몸 속(방광이나 직장 등)에서 재는 중심 체온이 35도 이하로 떨어지면 저체온증이 돼요. 화수분이 아내를 발견했을 때 아내는 웅크리며 떨고 있었어요. 벌벌 떠는 것이 저체온증의 대표적 증상이에요. 체온이 더 내려가면 불안, 초조와 현기증이 나타나요. 몸을 가누지 못하게 되고 판단력과 시력이 급격히 떨어지고 헛소리도 하지요. 그리고 팔다리가 마비되고 맥박과 호흡이 약해지면서 호흡 중단, 심장마비로 사망에 이를 수도 있어요.

  화수분 부부가 죽어 가던 날은 엄청 추웠어요. 주인집 사람들이 '문을 꼭꼭 닫고 문틈을 헝겊으로 막고 이불을 둘씩 덮고 꼭꼭 붙어서' 자야 할 만큼이나 추웠지요. 결국 화수분 부부는 자기들의 모든 체온을 옥분이에게 넘겨주고, 가난도 없고 추위를 느끼지 않아도 되는 곳으로 가고 말았어요.

화수분 부부의 죽음이 갖는 의미

이 소설의 마지막에 화수분 부부가 칼날 같은 바람이 부는 어느 고개에서 만나, 옥분이를 위해 자신들의 옷을 덮어 주고 자신들은 얼어 죽는 장면이 나와요. 이 죽음을 어떻게 보아야 할까요? 두 가지 생각이 있어 소개해 드릴게요.

화수분 부부의 죽음을 '행복과 구원'으로 보는 사람들이 있어요. 보통 죽음은 슬프고 좋지 않은 것으로 여기기에 이 말을 들으면 얼른 받아들이기 어렵지요. 하지만 이 소설의 곳곳에 따스한 마음들이 숨어 있어요.

소설의 시작 부분에 화수분이 울어요. 문도 닫히고 바람 소리가 세서 귀를 기울여야 하는 상황에서 주인집 부부는 화수분의 울음에 관심을 가져요. 소설의 마지막 부분에 나무장사가 햇살 속에 살아남은 어린것(옥분이)을 데려가요. "당연히 데려가야지." 하고 여러분은 말할지 모르지만 그 당시에는 겨울이면 얼어 죽은 이들을 흔히 보던 때였고 나무꾼은 정말 힘들게 사는 사람들이 갖는 직업이었어요. 그런 사람이 망설임 없이 아이를 데리고 간다는 것은 아이에 대한 '사랑'을 보여 주는 거지요.

이 소설은 사랑으로 시작해서 사랑으로 끝나요. 그리고 화수분 부부의 죽음을 통해 '생명'을 지켜 내고 있어요. 어린 생명을 가운데 두고 꼭 껴안고 숨진 장면에서 보여 주는 부모의 사랑, 아무것도 가진 것이 없지만 서로를 위하는 부부의 사랑은 정말 아름답지요. 다른 이에게 무언가를 해 줄 수 있는 것은 '행복'이에요. 화수분 부부의 죽음을 통해 옥분이의 삶이 이어지는 것은, 현실은 어렵고 힘겹지만 '사랑'하는 마음으로 살면 행복도 영혼의 구원도 이룰 수 있다는 거지요.

화수분 부부의 죽음은 당시의 '비참한 우리 민족의 현실'을 보여 주는 것이라 말하는 이도 있어요. 농촌에 살다 더 이상 농촌에서 살 수 없어 도시로 온 가난한 가족의 이야기. 집을 못 구해 남의 행랑채에 살고, 큰애는 배가 고파 땅에 떨어진 감꼭지를 주워 먹고, 밥을 먹다가도 주인이 지나가면 일어나 인사를 하고, 다리가 불편해도 주인댁 일을 돕는 아내, 자식을 처음 보는 마님에게 딸려 보내는 모습 등은 정말 비참해요. 마지막 장면도 더 이상 굶을 수 없어 아내는 식량을 구해 줄 남편을 찾아 길을 나선 것이고, 남편 또한 식량을 구해 주기 위해 부인과 딸을 데리러 가다가 죽은 거지요. 결국 죽음의 원인은 가난과 배고픔 때문이에요.

화수분 가족이 비참하게 살 수밖에 없었던 이유는 '일제 강점기' 때문이에요. 이때 일본은 부당하게 우리나라 사람들의 땅을 빼앗고, 세금도 많이 거두어서 우리나라 사람들에게는 어려운 시기였어요. 특히 농민들은 일자리를 찾아 도시로 오지만 일자리나 집이 없었지요. 이 소설의 주인공 화수분처럼……. 또 계절적 배경이 되는 '겨울'은 추운 계절로 볼 수도 있고 비참했던 우리나라의 현실을 상징하고 있기도 해요. 화수분 내외를 얼어 죽게 만든 것은 추위일 수도, 견디기 힘든 차가운 시대 현실 때문이라고 볼 수도 있어요. 전영택의 다른 소설에도 심각한 삶의 문제를 표현할 때 배경으로 자주 겨울이 등장해요.

3

의도된 소설적 장치

'화수분'이 뭐예요?

'화수분(貨水盆)'은 '재물이 계속 나오는 보물단지'라는 뜻이에요. 우리나라 속담 가운데 '화수분을 얻었다.'라는 말이 있는데, 큰 보물이 생겼거나 큰 횡재를 했다는 뜻이지요.

화수분은 중국 진시황 때에 있었다는 '하수분(河水盆)'에서 비롯한 말이에요. '하(황하, 중국에 있는 강)'와 '수분(물동이)'을 합친 말이 '하수분'인데, '황하의 물을 채운 물동이'라는 뜻이에요. 옛날에 중국의 진시황이 만리장성을 쌓을 때, 군사 십만 명에게 "황하의 물을 길어다 큰 구리로 만든 물동이를 채워라."라고 명령했어요. 그런데 그 물동이가 얼마나 컸던지 한 번 채우면 아무리 써도 없어지지 않았대요. 그 물동이가 바로 하수분이지요. 나중에는 '황하'를 가리키는 '河(하)'라는 한자어 대신 '물건'을 뜻하는 '貨(화)'라는 한자어로 바뀌어 '화수분'이 되었어요. 그러면서 그 안에 온갖 물건을 넣어 두면 새끼를 쳐서 끝없이 나오는 그릇을 뜻하게 되었지요.

그런데 물동이에 그 물이 다 들어갈 만큼 황하가 작은 강일까요? 그렇지 않아요. 황하는 중국에서 두 번째로 긴 강이에요. 그 길이가 5400킬로미터가 넘는답니다. 우리나라 서울에서 부산까지 거리가 약 450킬로미터니까, 얼마나 큰 강인지 짐작할 수 있을 거예요. 그 물을 다 담을 수 있는 물동이라니……. 믿기지가 않죠?

이러한 '화수분'은 여러 설화 속에서 전해지고 있어요. 그 가운데서 〈화수분 바가지〉라는 이야기를 소개해 드릴게요.

화수분 바가지

'화수분'이라는 말 들어 봤나? 꺼내도 꺼내도 끝도 한도 없이 나오는 보물단지를 화수분이라고 하지. 오늘은 이 화수분에 얽힌 이야기를 하나 해 볼까.

옛날에 참 가난하게 사는 농사꾼이 있었어. 예나 지금이나 농사꾼 살기는 어렵지. 그런데 한 해 여름에는 흉년이 들어서 먹을 것이 뚝 떨어졌네. 할 수 없이 집에 있는 세간을 파는데, 솥단지와 숟가락 젓가락만 빼 놓고 몽땅 장에 가져다가 팔았지. 그렇게 해서 겨우 쌀 한 됫박을 받아 가지고 오는데, 오다 보니 웬 사람이 큰 함지에다 개구리를 잡아서 잔뜩 넣어 가지고 가더란 말이야.

"그 개구리는 뭣에 쓰려고 잡아 가지고 오시오?" 했더니,

"집에 먹을 것이 떨어져서 개구리라도 구워 먹으려고 그러지요." 하거든.

흉년이 들어서 내남없이 살기가 어렵긴 어려운 모양이야. 개구리까지 잡아다 먹을 생각을 한 걸 보니.

그래도 한창 팔딱팔딱 뛰어다닐 산개구리를 잡아 가지고 가는 걸 보니 참 안됐거든. '저것들도 한세상 살려고 나왔을 텐데, 여름 한철 살아 보지도 못하고 죽게 되었구나.' 싶어서 그 개구리를 저한테 팔라고 했어.

"내 이 쌀 한 됫박을 드릴 터이니 그 개구리를 나한테 파시오."

개구리를 잡아 가지고 가는 사람은 세상에 이런 횡재가 어디 있나 싶지.

"그게 정말이오?"

"그럼 내가 실없이 거짓말을 하겠소? 어서 바꿉시다."

이렇게 해서 쌀 한 됫박과 개구리를 바꿨어.

쌀을 주고 개구리를 받아 가지고 근처에 있는 연못에 갔지. 가서 개구리를 한 마리씩 한 마리씩 연못에 넣어 줬어. 넣어 주니 개구리들은 살판났다고 신명나게 헤엄을 쳐서 물속으로 들어가. 그렇게 개구리를 연못에 다 넣어 주고 돌아서려는데, 아 물속에 들어갔던 개구리들이 '개골개골' 하면서 다시 물 밖으로 나오네.

"개구리들아, 어서 물속으로 들어가거라. 여기 나와 있다가 또 잡힐라."

그래도 개구리들은 가지 않고 개골거리고 있어.

웬일인가 하고 가만히 보니 개구리 떼가 바가지 하나를 끌고 나와서 그러고 있거든.

'오라, 저 미물도 은혜를 갚겠다고 저러는구나. 그래, 볼품없는 헌 바가지이긴 하다마는 고맙게 받아야지.'

이렇게 생각하고 바가지를 주워들었지. 그랬더니 개구리들도 좋은지 이리 팔딱 저리 팔딱 뛰더니 다시 물속으로 들어가더래.

농사꾼은 헌 바가지 하나를 들고 집에 돌아왔지. 집에 돌아오니 아내가 세간 팔아서 사 온 쌀을 내놓으라고 그러거든.

"쌀 대신에 빈 바가지 하나 얻어 왔소. 부엌 부뚜막에 얹어 놨으니 요긴하게 쓰시오."

아내가 부엌에 나가 보더니,

"에이 농담도 잘하는구려. 빈 바가지라더니 쌀이 하나 가득 들어 있구먼."

아, 이런단 말이야.

하도 이상해서 부엌에 나가 봤더니 참말일세.

조금 전까지만 해도 텅텅 비어 있던 바가지에 어느새 하얀 입쌀이 철철 넘치게 들어 있지 뭐야. 농사꾼 내외는 그 쌀로 밥을 지어 배불리 잘 먹었어.

그런데 그 이튿날 아침에 아내가 부엌에 나가 보니, 어제 텅텅 비워 놓은 바가지에 또 쌀이 하나 가득 들어 있겠지.

"여보, 이리 좀 와 보우. 바가지에 또 쌀이 들어 있어요."

깊게 읽기 79

가 보니 참말이거든. 그러고 보니 이 바가지가 바로 말로만 듣던 화수분 바가지인 모양이야. 쌀을 퍼내고 나면 가득 차고, 또 퍼내고 나면 가득 차고, 이러니 살판났지.

'개구리들이 저희 목숨을 살려 준 은공을 갚으려고 내게 이런 보물을 줬구나. 이걸 어찌 나 혼자 쓸 소냐.'

이렇게 생각하고, 바가지에 나온 쌀을 이웃 사람들에게 아낌없이 나누어 줬어. 어디 이웃 사람들뿐인가. 소문이 퍼지고 퍼져서 어디고 간에 쌀 양식 떨어진 사람들은 다 찾아오지. 그래서 이 농사꾼 집 앞에는 사시사철 쌀 얻으러 온 사람들이 줄을 이었다는군. 지금도 그런 바가지 하나 있으면 얼마나 좋겠나. 그런데 그 바가지는 농사꾼이 죽고 나자 저절로 없어져 버렸다니 참 아까운 일이지.

- 서정오,《우리가 정말 알아야 할 우리 옛이야기 백 가지》, 현암사

왜 주인공 이름이 '화수분'인가요?

맏형은 '장자'요, 둘째는 '거부'요, 아범이 셋짼데 '화수분'이랍니다.

'화수분'이라는 이름에는 반어적 의미가 숨겨져 있어요. 앞서 말했듯이, '화수분'이란 본래 재물이 계속 나오는 보물단지를 가리켜요. 그러나 이 소설에서 화수분은 극심한 가난에 시달리죠. 가난 때문에 자식을 다른 사람에게 보내기도 하고, 추위에 떠는 아내와 어린 자식을 지키려다 슬프게 죽고 말아요. 그러니까 '화수분'이라는 낱말의 뜻과는 다르게, 소설 속 인물인 화수분은 아주 비참한 삶을 살았어요.

반어적 표현이에요

'반어'는 본래의 의도와는 정반대로 표현하여 자신의 뜻을 전달하는 방법이에요. 그러니까 작가는 '화수분'이라는 이름을 통해 인물의 삶을 더욱더 비극적으로 드러내려고 한 것이라고 볼 수 있어요.

이 소설에 나오는 다른 인물들의 이름에도 이러한 반어적 의미가 숨어 있어요. 화수분의 형

이름인 '장자'와 '거부'나 화수분의 자식들인 '귀동'과 '옥분' 등도 반어적으로 표현한 이름들이에요. '장자(長子)'는 '오래 사는 사람'을 이르는 말이고, '거부(巨富)'는 '많은 재산을 가진 아주 큰 부자'라는 뜻이지요. 그러나 맏형인 '장자'는 일찍 죽어 버리고, '거부'인 둘째 형은 가난한 시골 농부예요. 또 '귀동'이라는 이름에는 '귀하게 대접을 받는 아이'라는 뜻이 담겨 있고, '옥분'이라는 이름에서 '옥(玉)'은 빛이 곱고 아름다운 보석이에요. 하지만 '귀동'과 '옥분'은 가난한 집 자식인 데다가 못생기고 고집불통인 아이들로 그려지지요.

마르지 않는 사랑을 표현한 거예요

'화수분'이라는 보물단지 안에 담길 수 있는 것이 단순히 재물이 아니라 사랑이나 생명이라고 생각해 본다면, '화수분'이라는 이름은 또 다르게 읽힐 수 있어요. 이야기의 결말 부분에서 화수분과 그의 아내는 혹독한 추위 속에서도 자식에 대한 사랑으로 어린 자식을 살려 내요. 아이가 살아난 것은 두 사람의 사랑과 희생 때문이지요.

이러한 결말 부분과 관련시켜 볼 때, '화수분'은 어려운 상황 속에서도 없어지지 않고 마르지 않는 사랑 혹은 끈질기게 이어지는 생명을 의미한다고 볼 수 있어요. 즉, '화수분'이라는 이름을 통해서 작가는 인간의 사랑과 생명이 끊임없이 이어지며 그만큼 소중하다는 것을 보여 주려고 했을 수도 있다는 말이에요.

의성어와 의태어가 왜 이렇게 많나요?

의성어와 의태어는 '흉내 내는 말'이에요. 의성어는 소리를 흉내 내는 말이고, 의태어는 모양과 상태를 흉내 내는 말이지요.

그러면 〈화수분〉에서 의성어와 의태어를 사용하고 있는 부분을 찾아볼까요? 그리고 의성어와 의태어를 바탕으로 상상해 보세요. 선생님과 학생들의 대화를 참고하면서요.

> 뒤뜰 창 바깥에 지나가는 사람 소리도 끊어지고 이따금 찬바람 부는 소리가 휘익 우수수 하고 바깥의 춥고 쓸쓸한 것을 알리면서 사람을 위협하는 듯하다.

선생님: 의성어인 '휘익'과 의성어이자 의태어인 '우수수'가 보이네요.
창용: '휘익'은 센 바람이 거칠게 스쳐 지나가는 소리를 표현하고 있어요. '우수수'는 그 센 바람에 나뭇잎이 많이 떨어지는 소리와 모양을 표현하고 있고요.
서연: 세고 거친 바람과 그 바람 때문에 떨어지는 나뭇잎이라……. 생각만 해도 추워요.

다음에 작은계집애는 돌을 지나 세 살 먹은 것인데, 눈이 커다랗고 입술이 삐죽 나오고 걸음은 겨우 빼뚤빼뚤 걷는다.

서연 : 작은딸이 이제야 걷기 시작했나 봐요. 양옆으로 흔들리면서 중심을 잡으려고 애쓰는 모양이 상상돼요.

선생님 : 그래요. '빼뚤빼뚤'은 물체가 요리조리 기울어지며 자꾸 흔들리는 모양을 나타내요.

창용 : '빼뚤빼뚤'이란 표현이 없었다면 작은딸의 걸음 모양을 구체적으로 생각할 수 없었겠죠?

작은것에게는 젖을 먹이고 큰것의 욕을 먹고 성화 받고, 밤에는 사나이에게 '웅얼웅얼' 하는 잔말을 듣는다.

선생님 : '웅얼웅얼'이란 나직한 목소리로 똑똑하지 아니하게 혼자 입속말을 계속 해대는 소리나 그 모양을 의미해요.

창용 : 사나이가 하는 말이 잘 들리지 않겠네요. 왜냐하면 '또박또박' 말하는 것이 아니라 '웅얼웅얼' 말하니까요.

서연 : 옆에서 친구가 작게 혼자 입속말을 했던 게 기억이 나요. 무슨 말을 하는지 그 내용이 분명하게 들리지 않아 답답했었어요.

그때마다 말없던 어멈이 '옹알옹알' 바가지 긁는 소리가 들린다. 어멈이 그 애들 때문에 그렇게 애쓰고 그들의 살림이 그렇게 어려운 것을 보고, 나는 이따금 이렇게 생각하였다.

서연 : 소리의 내용이 분명하게 들리지 않는다는 점에서 앞의 '웅얼웅얼'이랑 같은 느낌이면서 또 다른 느낌이네요.
선생님 : '옹알옹알'은 나직한 목소리로 똑똑하지 않게 혼자 입속말을 계속 재깔이는 소리나 모양을 말해요. '옹알옹알'이 '웅얼웅얼'보다 가볍게 느껴지나요?
창용 : 네. 'ㅗ, ㅏ'가 쓰인 '옹알옹알'이 더 가볍게 느껴져요. '웅얼웅얼'이 남자의 목소리라면, '옹알옹알'은 여자의 목소리 같아요.

그래, 제가 어쩌나 보려고 '그럼 너 저 마님 따라가 살련? 나는 집에 갈 터이니.' 했더니 저는 본체만체하고 머리를 <u>끄덕끄덕</u> 해요.

서연 : 대답은 하지 않고 머리를 움직이네요. '끄덕끄덕' 했다면 위아래로 움직인 것이니, 그렇게 하겠다는 뜻이겠죠?
창용 : 만약에 고개를 '끄덕끄덕' 하지 않고 '갸우뚱' 했다면 그건 고민하는 모습이겠네요?
선생님 : 네. '끄덕끄덕'은 고개 따위를 아래위로 가볍게 계속 움직이는

모양을 의미해요. '갸우뚱'은 무엇이 한쪽으로 살짝 비스듬히 기울어지는 모양을 나타내고요.

하루 저녁은 바람이 몹시 불고 그 이튿날 새벽에는 하얀 눈이 펑펑 내려 쌓였다.

창용: 하얀 함박눈이 많이 내리나 봐요.
서연: '펑펑'은 눈이나 물 따위가 세차게 많이 쏟아져 내리거나 솟는 모양을 나타내요.

바람 불고 추운 날 아침에 어멈은 어린것을 업고 돌아볼 것도 없는 행랑방을 한 번 돌아보면서 아창아창 떠나갔다.

창용: 어멈이 천천히 떠나가는 모습을 상상할 수 있어요. 아창아창 떠나가며 어멈은 많은 생각들을 했겠죠.
서연: 사전을 찾아보니 '아창아창'은 "키가 작은 사람이나 짐승이 이리저리 찬찬히 걷는 모양"이래요. '아장아장'보다 센 느낌이 들어요.

우리는 문을 꼭꼭 닫고 문틀을 헝겊으로 막고 이불을 둘씩 덮고 꼭꼭 붙어서 일찍 잤다.

선생님: '꼭꼭'이 무슨 의미일까 상상이 되죠?

서연 : 네. 힘을 주어 누르거나 죄는 모양을 나타내요.

창용 : 아주 추워서 문을 꼭꼭 닫고, 꼭꼭 붙어서 잤을 거예요. 더운 여름에 문을 꼭꼭 닫고, 꼭꼭 붙어 자진 않잖아요.

그러다가는 흐득흐득 느끼면서.

선생님 : '흐득흐득'은 숨이 막힐 정도로 자꾸 심하게 흐느끼는 모양을 의미하죠.

서연 : '흐득흐득'이라니……. 너무 서럽고 슬프게 우는 모습이 그려지네요.

이튿날 아침에 나무장사가 지나다가 그 고개에 젊은 남녀의 껴안은 시체와, 그 가운데 아직 막 자다 깨인 어린애가 등에 따뜻한 햇볕을 받고 앉아서 시체를 툭툭 치고 있는 것을 발견하여 어린것만 소에 싣고 갔다.

서연 : 툭툭 쳤다는 것은 가볍게 치는 소리, 모양을 나타내잖아요. 아마도 나무장사는 젊은 남녀가 죽었다고 미리 짐작하고, 확인 삼아 한 번 건드려 본 것 같아요.

창용 : 죽었는지 살았는지 정말 몰랐다면 '툭툭'이 아니라 아주 세게 쳤겠죠? 화수분 부부가 살아 있다면 반응할 수 있도록 세게 쳤을 거예요.

주인 부부는 어떤 마음으로 화수분네를 대했나요?

주인집 아내는 화수분네의 어려움보다 자신의 입장을 먼저 생각하지만, 주인집 '나'는 화수분네 가족에게 관심을 가지고 있고, 화수분네 가족을 불쌍하고 가엾게 여기며, 그들이 처한 상황을 걱정하고 있어요. 그래서 '나'는 화수분 내외를 도와주기도 해요. 그렇지만 화수분네의 힘든 상황을 나서서 해결해 주지는 않아요. '나'는 화수분네 가족과 일정한 거리를 유지하면서 비참한 그들의 삶을 우리에게 보여 주고 있습니다.

주인집 아내가 화수분네의 처지보다 자신의 처지를 우선시하고 있는 점은 몇 가지 상황을 통해서 알 수 있어요. 화수분이 시골에 있는

형 집에 가 보아야겠다고 했을 때 "김장이나 해 주고 가야 할 터인데", "우리도 살기 어려운데 어떻게 불 때 주고 먹이고 입히고 할 테요? 그렇게 곧 오겠소?"라고 말하는 것에서 화수분의 어쩔 수 없는 상황보다 자신과 가족의 힘든 상황을 먼저 걱정하는 마음을 확인할 수 있어요. 그리고 어멈도 떠나고 몹시 추운 날, 주인집 아내가 아이를 등에 업고 이웃집의 우물에 가서 혼자 배추와 무를 씻고 김장을 하다가 눈물을 흘리며 어멈을 떠올렸던 것도 그와 같은 마음 때문이에요. 어멈이 있었다면 혼자 힘들게 김장을 담지 않아도 되었을 테니까요.

이렇게 자신의 상황만 생각하는 주인집 아내의 행동은 이기적으로 보이기도 해요. 하지만 대부분의 사람들이 경제적으로 여유롭지 못했던 시대 현실을 고려한다면, 자신이 처한 어려운 상황에 앞서 주변의 가난과 고통을 돌아볼 겨를이 없었을 것 같아요. 그러니 주인집 아내는 현실적인 시선으로 화수분네 가족을 대하고 있다고 할 수 있겠네요.

'나'는 아범이 우는 까닭을 궁금해 하고, 고달픈 몸으로 밥을 먹다가도 주인을 보면 얼른 일어나서 허리를 굽혀 절하는 화수분의 행동

객관적 시선
거리
따뜻한 시선

에 미안해 해요. 어멈이 애들 때문에 애쓰고 살림이 어려운 것을 보고 "저 애들을 누구를 주기나 하지."라며 걱정하기도 하고, 큰아이를 남에게 데려가는 이야기를 하며 울먹울먹하는 어멈을 보고 같이 눈물을 흘리기도 해요. 또 아범이 시골에 있는 형 집에 가 보아야 한다는 말을 듣고도 막지 않고 그냥 보내 주고, 어멈이 아범에게 편지를 써 달라는 부탁을 받고 바로 써서 부쳐 주기까지 했어요. 그리고 추운 겨울날 아범을 따라 시골로 떠난 어멈이 잘 갔는지 얼어 죽지는 않았는지 걱정하기도 하고, 화수분 내외가 떠난 후에도 다시 돌아올 것이라 생각하며 행랑에 사람을 안 들이고 식모도 두지 않아요. 그러니 '나'는 따뜻한 시선으로 화수분네 가족을 대하고 있다고 할 수 있어요.

하지만 '나'가 화수분네의 힘든 상황을 직접 나서서 해결해 주는 모습은 나타나 있지 않아요. 먹을 것이 없어 보채는 아이들과 굶주리는 화수분 내외에게 먹을 것을 갖다 주거나 화수분의 일자리를 알아봐 주는 등 직접적인 도움을 주고 있지는 않지요. 또 추운 겨울에 혼자 살아갈 길이 막연하여 시골로 가기로 결심한 어멈을 아무 대책 없이 그냥 보내 버려요.

이런 행동은 어찌 보면 냉정하게 보이기까지 해요. 하지만 이렇게 함으로써 '나'의 얘기를 듣는 우리는 화수분 내외의 비참한 처지를 더욱 분명하게 느낄 수 있어요. 이는 주인집 '나'가 화수분네 가족에 대해 일정한 거리를 두고 냉정하고 객관적으로 얘기하도록 함으로써 독자들에게 화수분네 가족이 처한 현실 상황을 있는 그대로 볼 수 있도록 하려는 작가의 의도라고 볼 수 있어요. 그래서 우리는 화수분네 가족을 불쌍하고 가엾게 여기며 동정하는 마음이 커지게 되는 것이지요.

왜 사건이 일어난 순서대로 이야기하지 않나요?

작가가 독자들이 소설을 읽을 때 재미를 더 느낄 수 있게 사건 순서를 재배열한 거예요. 또 그렇게 하는 것이 작가가 소설을 통해 전달하고 싶은 메시지를 가장 잘 전달할 수 있다고 생각했기 때문이에요. 그래서 이야기 순서가 사건이 일어나는 순서와 맞지 않아요.

〈화수분〉은 '나'가 아범이 우는 소리를 듣고 그 까닭을 궁금해 하며 이야기가 시작돼요. 그러나 그 일이 이 소설의 이야기 전개 과정에서 가장 처음 벌어진 일은 아니에요. 화수분이 어떻게 행랑채에 살게 되었고, 또 어떻게 죽어 갔는지를 시간 순서대로 정리해 보면 다음과 같아요.

① 옛날에 화수분은 양평에서 남부럽지 않게 살았다. 큰형은 장자, 둘째 형은 거부, 셋째가 화수분이다.
② 화수분이 결혼한 후에 아버지가 죽고, 큰형이 죽고, 농사 밑천인 소 한 마리를 도둑맞은 후부터 집안이 기울어진다.
③ '나'의 여동생 S의 시댁에서 소개하여 화수분 가족은 금년 9월에 '나'의 집에 행랑살이를 하게 된다. 아범은 열심히 일하려 하나 일거리가 없고, 셋째를 임신 중인 어멈은 고된 일에 시달린다.

④ 화수분 가족은 벌이가 없으면 으레 굶는 생활이 계속되고, '나'는 차라리 아이들을 남에게 주는 것이 낫겠다고 아내에게 말한다.

⑤ 어멈은 쌀가게 마누라에게서 첫째인 귀동이를 남에게 주라는 말을 듣지만 거절한다. 거듭되는 제안에 남편의 결정에 따르겠다고 대답했으나, 화수분은 어멈에게 결정을 미룬다.

⑥ 귀동이를 데려가려는 마님을 만나고, 어멈이 남편을 찾으러 간 사이에 마님은 귀동이를 데리고 강화도로 가 버린다.

⑦ 밤에 돌아온 화수분은 그 이야기를 듣고 통곡을 한다. '나'는 잠결에 그 소리를 듣고 이유를 궁금해 한다.

⑧ 며칠 후 화수분은 발을 다친 둘째 형 거부의 추수를 돕기 위해 주인집에 가족을 부탁하고 혼자 양평으로 떠난다.

⑨ 화수분은 형 몫까지 두 사람 몫의 일을 하다 몸살이 나서 쓰러지고, 고열에 정신없이 앓으면서 귀동이를 찾는다.

⑩ 화수분이 떠난 지 보름이 지나도 돌아오지 않자, 어멈은 '나'에게 편지를 써 달라고 하여 부친다.

⑪ 여전히 소식이 없고 며칠 동안 날이 풀리자 어멈은 옥분이를 업고 남편을 찾아 나선다.

⑫ 앓아누워 있는 중에 편지를 받은 화수분은 어멈과 옥분이를 데리러 낮 열두 시쯤 양평을 떠난다.

⑬ 해 질 무렵에 화수분은 어떤 높은 고개 소나무 밑에서 눈을 피해 웅크리고 떨고 있는 어멈과 옥분이를 발견하고 함께 껴안고 밤을 지낸다.

⑭ 이튿날 나무장사가 그 고개에서 껴안은 화수분 부부 시체 사이에서 따뜻한 햇볕을 받고 있는 옥분이를 소에 싣고 간다.
⑮ '나'는 오래간만에 놀러 온 동생 S로부터 화수분 부부의 죽음을 전해 듣는다.

이렇게 순서대로 보니 이야기의 흐름은 한눈에 파악되지만, 이야기를 읽는 재미와 감동이 좀 떨어지죠?

사건이 일어난 시간을 따져 볼게요. ①~②는 먼 과거의 일이에요. ③~⑧는 좀 가까운 과거의 일이고요. ⑨~⑮는 현재의 일이에요.

이 이야기는 '나'가 화수분의 울음소리를 듣고 그 이유를 궁금해하는 ⑦에서 시작해요. '나'가 이야기를 전해 주는 사람이고요. 독자에게 '왜 울까?' 하는 궁금증을 불러일으키면서 이야기를 진행시키는 거지요. 그 궁금증은 독자를 이야기에 빠져들게 하는 구실을 해요.

화수분 부부가 옥분이를 살리고 얼어 죽는 장면을 ⑮ 뒤에 배치한 것은 독자의 마음속에 큰 울림을 주려고 한 것이지요. 그리고 그 이야기는 다른 사람에게 듣는 것으로 되어 있어요. 담담하게 전함으로써 그 이야기가 사실이라는 느낌을 강조하려는 의도일 거예요.

자, 이제 사건이 일어난 순서대로인 이야기와 작가가 재배열한 이야기를 비교하면서 다시 〈화수분〉을 읽어 보세요. 그 차이와 효과를 알면 읽는 재미를 더 커질 거예요.

넓게 읽기

작품 밖 세상 들여다보기

시대

작가

작품

독자

작가 이야기
전영택의 생애와 작품 연보, 작가 더 알아보기

시대 이야기
1925~1930년

엮어 읽기
가난하고 비참한 삶의 모습

다시 읽기
화수분의 처지와 비슷한 오늘날의 사람들

독자 이야기
화수분 부부에 대한 모의재판

작가 이야기

전영택의 생애와 작품 연보

1894(1월 18일) 평양시 사창동에서 부친 전석영과 모친 강순애 사이에서 4남 4녀 중 셋째 아들로 태어남.

1904(11세) 보동(保東)학교에 입학함.

1908(15세) 9월에 안창호가 세운 평양 대성학교에 입학함.

1910(17세) 대성학교 3학년 때 중퇴하고 삼숭학교 교사가 됨.
《소년》에서 최남선과 이광수의 작품을 읽으며 감명받음.
형 전선택을 따라간 교회에서 기독교를 만나게 됨.

1911(18세) 가세가 기울어져 서울로 이사하여 서울관립의학교에 입학함.

1912(19세) 일본 도쿄로 가서 아오야마가쿠인 중학부 4학년에 편입함.

1915(22세) 아오야마가쿠인 중학부를 졸업하고 고등학부 인문과에 입학함.
《학지광》에 수필 〈독어록〉을 발표함.

1918(25세) 아오야마가쿠인대학 문학부를 졸업하고 4월에 신학부에 입학하여 목사의 길을 준비함.

1919(26세) 《창조》 동인으로 참여하여 창간호에 〈혜선의 사〉, 2호에 〈천치? 천재?〉를, 3호에 〈운명〉을 발표함.
4월 29일 채혜수(당시 25세)와 결혼함.

1920(27세) 《창조》 5~7호에 〈생명의 봄〉을 연재함.

1921(28세) 《창조》 8호에 〈독약을 마시는 여인〉, 9호에 〈K와 그 어머니의 죽음〉을 발표함.

1923(30세)	아오야마가쿠인 신학부를 졸업하고 귀국함. 감리교 협성여자신학교에 교수로 취임함.
1924(31세)	단편 〈흰 닭〉, 〈사진〉을 발표함.
1925(32세)	단편 〈화수분〉, 〈바람 부는 저녁〉을 발표함.
1926(33세)	단편집 《생명의 봄》을 출간함.
1934(41세)	중편소설 〈새별〉, 동화 〈천사의 손〉, 시 〈이제 밝은 아침이 오리니〉 등을 발표함.
1937(44세)	개인 잡지 《새사람》을 창간하고 발행함.
1939(46세)	평양요한학교 교수로 취임함. 주요섭과 《동화집》을 함께 집필함. 설교집 《아동설교》를 펴냄. 단편 〈무심〉, 〈남매〉를 발표함.
1944(51세)	신리교회에서 일본을 배척하는 설교를 하였다고 체포되어 평양 감옥에 수감됨.
1948(55세)	전기 《유관순전》을 출간함.
1960(67세)	동화집 《사랑의 등불》을 발간함. 단편 〈눈 내리는 오후〉, 〈크리스마스 풍경〉을 발표함.
1968(75세)	1월 16일 기독교방송국 건물에서 나와 전차를 타려고 나섰다가 택시에 치여 사망함. 금촌 감리교 묘지에 안장됨.

작가 더 알아보기

1. 성장의 주요 순간들

아버지의 영향

전영택의 아버지인 전석영은 김옥균의 개화당에 들어가기도 했고, 진남포 개항 준비 위원을 맡아 프랑스 고문을 상대로 일을 하였습니다. 전영택에게 개인 가정교사를 초빙하여 한문을 가르치기도 했지만 전통적 방식으로 하는 교육의 한계를 깨닫고, 지금으로 치면 초등학교와 중·고등학교의 교육과정을 겸하는 '보동학교(保東學校)'를 세웠습니다. 전영택은 당시로서는 선각자였던 아버지가 세운 그 학교를 다녔습니다.

안창호와의 만남

전영택은 어렸을 때 글 읽기를 좋아하여 책 읽는 일이라면 밤이 새는 줄을 몰랐습니다. 말라리아를 앓아 열이 나고 코피를 흘리면서도 책을 놓지 않았다고 합니다.
1908년 도산 안창호가 세운 대성학교에 입학하는데, 여기서 존경했던 도산 안창호를 만나게 됩니다. 1학년을 마칠 때 우등상을 타서 대성학교의 교기를 받았습니다. 나중에 안창호가 조직한 흥사단과 수양동우회에 잇달아 가입하기도 하였고, 안창호의 전기를 쓰기도 하였습니다.

기독교와의 만남

1910년에는 그의 생애에서 매우 중요한 일이 일어납니다. 전도사를 열렬히 희망하던 형인 전선택을 따라간 신흥리 교회에서 기독교를 만나게 된 것입니다. 처음에는 '심심풀이'로 교회에 다니다가 찬송가를 배우고 힘 있는 설교를 듣는 것에 재미를 붙이면서 신자가 되었습니다.

그는 집안이 기울자 의사가 되기 위해 서울관립의학교를 다녔습니다. 하지만 중도에 포기하고 일본 도쿄에 있는 아오야마가쿠인의 신학부에 입학하였습니다. 작가의 길 외에 목사의 길이 시작된 것이었습니다.

문학과 신학 전공

도쿄 아오야마가쿠인 유학 시절, 신학부 학생이었지만 문학에 큰 관심을 보였습니다. 그래서 1915년 수필 〈독어록〉를 발표하였을 뿐만 아니라 괴테, 톨스토이, 체호프, 안드레프 등의 서양 문학과 나쓰메 소세키, 아리시마 다케오 등의 일본 문학, 조선의 이광수 문학 등을 탐독하였습니다.

본격적인 문학가의 삶은 유학 시절 만난 주요한, 이광수, 김동인, 김환, 최승만 등과 함께 1919년 동인지 《창조》를 발간한 데서 시작됩니다. 당시 교회에서는 소설 쓰는 것을 죄악시하였는데도 전영택은 종교와 예술을 엮어 창작 활동을 하였습니다.

2. 일제 강점기와 개신교 목사 전영택

3·1 운동 무렵

일본 유학 시절 문학과 신학을 전공하였던 그는 1919년 2·8 도쿄 유학생 독립운동에 참여한 뒤 3월말 경에 귀국하여 4월 29일에 당시 스물다섯 살이었던 채혜수와 결혼했습니다.

결혼 다음 날 3·1 운동에 참여했던 부인이 체포되고 옥에 갇혔습니다. 아내를 감옥에 둔 채 일본으로 갈 수 없어, 아내가 근무하던 진남포 삼숭학교 교장 직을 맡아 학교 일을 보면서 감옥으로 아내 면회를 다녀야 했습니다.

목사 전영택

1923년 아오야마가쿠인 신학부 졸업하고 귀국하였고, 1927년에는 감리교 아현교회 부담임자로 있으면서 목사 안수를 받았습니다. 1930년 미국으로 유학을 가서 시카고에 있는 개렛 신학교, 캘리포니아 주에 있는 태평양 신학교에서 공부하였고 1931년 1월에 귀국합니다. 미국에 있는 동안 안창호가 만든 '흥사단'에 가입합니다. 사리원 지방 봉산교회에서 일하면서부터 어려운 생활이 시작되고 작가보다는 목회자로서의 모습을 보여 줍니다.

1944년 신리교회에서 일본을 배척하는 설교를 하였다가 일본 경찰에 체포되어 평양 감옥에 갇혔고 출옥 후에도 설 자리를 빼앗겼습니다. 당시 기독교는 일본에 협조하고 살아남느냐 아니면 일본에 반대하고 핍박을 받느냐의 갈림길에서 많은 분열이 있었습니다. 그는 평양 대성산 밑에서 사람이 못 사는 빈 집을 보금자리로 삼고 자녀 7남매와 같이 풀뿌리로 목숨을 이어 갔습니다. 그래도 희망을 잃지 않고, 분열된 기독교계를 향해 이런 상황은 하나님의 손길로만 치유될 수 있음을 글로 썼습니다.

그중 〈어서 돌아오오〉라는 글은 나중에 박재훈 목사가 곡을 붙여 찬송가가 되었고, 찬송가 317장(새527장)으로 실려 있습니다. 이 찬송가의 노랫말은 1943년 지은 것으로, 한국 교회가 신사참배를 국민적 의례라고 인정한 지 6년째 되던 해에 발표했습니다. 그때는 이미 한국 교회가 온갖 고통을 겪으면서 일본의 천황제나 신사에 굴복하였던 때였습니다. 그때 그는 "지은 죄가 아무리 무겁고 크기로 주 어찌 못 담당하고 못 받으시리오, 우리 주의 넓은 가슴은 하늘보다 넓고 넓어"라고 외치면서 통곡하고 있었습니다.

3. 전영택의 작품 세계

해방 이후에 작품을 다시 창작하기 시작하여 시, 평론, 기행, 논설,

소설 등을 꾸준하게 발표합니다. 성서 번역, 찬송가 번역과 교정 등에도 힘썼고, 설교집 《아동설교》도 간행합니다. 그 후에도 75세의 나이로 생을 마감하기까지 다수의 소설, 평론, 수필, 인물론, 설교문 등을 발표하며 식지 않는 열정을 보여 주었습니다.

전영택의 문학 활동은 크게 초기, 중기, 말기로 나누어 볼 수 있습니다.
초기는 1919년 '창조' 동인으로 문학 활동을 하기 시작하면서부터 1926년 단편집인 《생명의 봄》을 간행하기까지의 기간입니다. 이 시기 작품의 특징은 '죽음'의 문제와 자신의 실제 체험을 소설로 만들고 인간이나 동물에 대한 따뜻한 인정을 보여 주고 있는 것이라 할 수 있습니다. 초기의 대표적인 작품으로는 〈천치(天痴)? 천재(天才)?〉, 〈운명〉, 〈사진〉, 〈화수분〉, 〈흰 닭〉 등이 있습니다. 〈혜선(惠善)의 사(死)〉, 〈천치(天痴)? 천재(天才)?〉 등에서 작품의 결말을 죽음으로 처리하며 중요한 인생 문제의 하나인 '죽음'에 대해 다루고자 하였습니다. 3·1 운동을 겪은 후에는 〈운명〉, 〈생명의 봄〉을 발표하며 자기 주변이나 자기 자신의 실제 체험을 소설로 만들기도 합니다. 그 후 그의 대표작들이라 할 수 있는 〈화수분〉, 〈흰 닭〉등을 통해 불쌍한 사람이나 동물에 대한 따뜻한 인간애를 보여 줍니다.
중기는 1927년부터 1945년까지의 기간으로 전영택이 목사 안수를 받은 이후입니다. 이 시기 그는 문학 활동보다는 목사, 기독교 신문사 주간 등 교회와 교회 사업계에서 활발한 활동을 보입니다. 따라서 그의 문학 활동은 다소 침체되었던 시기입니다. 중기의 대표적인 작품으로는 〈후회〉, 〈오무늬〉, 〈여자도 사람인가〉, 〈첫 미움〉, 〈남매〉 등이 있습니다. 〈후회〉, 〈첫 미움〉, 〈남매〉 등을 통해 목사로서 지난 날 자신의 행동을 반성하고 뉘우치며 〈오무늬〉, 〈여자도 사람인가〉를 통해 헌신적인 사랑의 모습을 보여 주기도 합니다.

말기는 1946년부터 작고할 때까지로, 많은 작품을 발표하며 활발한 창작 활동을 한 시기입니다. 대표적인 작품으로는 〈소〉, 〈크리스마스 새벽〉, 〈돌팔이와 그 아내〉, 〈하늘을 바라보는 여인〉, 〈쥐〉, 〈한 마리 양〉, 〈방황〉 등이 있습니다. 구체적으로 〈크리스마스 새벽〉, 〈돌팔이와 그 아내〉 등을 통해 악한 인물이 선한 인물로 인하여 회개하고 구원을 받는 모습을 보여 주며, 〈쥐〉나 〈한 마리 양〉 등을 통해 위선에 찬 인간의 모습과 기독교계의 현실을 비판하고 사랑의 실천을 강조하였습니다. 또한 〈소〉, 〈하늘을 바라보는 여인〉 등을 통해 농촌과 이웃에 대한 사랑을 보여 주며 인간에 대한 사랑이라는 인도주의적인 면모를 일관되게 보여 줍니다.

시대 이야기 # 1925~1930년

가난과 싸우는 기술

돈 없이 집을 얻어 사는 법 친한 사람이 다른 방으로 이사를 가거든 그때에 이사 가는 사람의 승낙을 얻어서 그 집에 들어가라. 그리하여 한 달, 두 달 계속 머무르다 보면 착한 집주인은 제발 나가 달라고 이사비를 내줄 것이고 나쁜 주인은 재판소에 재판을 걸 것이다. 그리하면 이럭저럭 두서너 달은 버틸 것이다.
돈 없이 전차 타는 법 돈 없이 전차를 타려거든 남보다 먼저 차에서 내리되 그저 손만 번쩍 들어라. 그러면 차장은 그 뒤에 있는 사람이 차표를 낸다는 뜻으로 알고 그냥 통과시킬 것이다.
돈 없이 생선 먹는 법 생선 장수가 지나갈 때에 불러서 큰 놈으로 고른 뒤 집으로 가지고 돌아와서는 생선 알만 빼고 그 안에 종이 같은 것을 넣은 후에 다시 달려가 환불하여라. 생선을 살 때는 미리 작은 놈을 사 두고는 생선 장수가 지나갈 때에 큰 놈을 사다가 작은 놈으로 바꾸어서 돈으로 바꾸어라. (1930)

대도시 평양에 흩어져 있는 궁세민

최근 통계에 의하면 대도시 평양에 흩어져 있는 가난한 백성, 배고프고 추운 상태로 죽지 못해 사는 동포가 8799명이다. 구체적으로 살펴보면 세민의 세대 수는 1774로 남자 3215명, 여자 3536명이다. 궁민의 세대 수는 462로 남자 1025명, 여자 925명이다. 또한 걸식자의 수는 남자와 여자를 합하여 98명이다. 걸인의 형편은 말할 것도 없거니와 세민들은 그날그날을 벌어서 매우 힘들고 어렵게 목숨을 이어 간다. 궁민들은 연명할 방법이 없어서 굶어 가고 있으며, 죽지 못해 사는 형편이다. (1927)

자유직업을 가진 사람들의 한탄

식모 이순녀 내 집 살림을 살아가는데도 힘든 일이 수없이 많은 이 세상에, 한 달에 겨우 석 장씩 받고 남의 집 살림을 살아 주려니 실로 기분 상하는 때가 한두 번이 아니랍니다. 먹고 입는 것이야 주인집에서 담당하여 주지만 집안 살림에 들어서는 손톱만 한 것 한 가지라도 빼놓지 않고 그대로 모두 보살피는 까닭에 항상 눈코 뜰 새 없이 바쁘게 돌아갑니다. 그중에도 모든 일을 주인이 시키는 대로 하려니까 한편으로 조심스럽고 갑갑하기도 합니다. 때때로 수다

스러운 잔소리나 듣고 날카로운 눈길이나 받을 때는 그만 너무도 속이 상해서 혼자 실컷 울기도 한답니다. 벌써 이 노릇을 한 지가 칠팔 년이나 됩니다.

행랑어멈 김성녀 '어멈' 노릇 하는 사람이 무슨 별것이 있습니까? 그저 주인댁 일이나 잘 보아 드리고 방이나 얻어들고 있는 것뿐이지요. 그러나 한 달에 방세 삼백 냥만 있으면 이런 천대야 받지 않겠지만 돈 없이 못 사는 세상인 걸 어떻게 합니까? 밤이면 곤한 잠도 달게 자지 못하고 수없이 드나드는 집안사람들의 대문 문지기 노릇이 제일 귀찮아요. 추운 겨울에도 열두 시 지난 밤중과 식전 아침에 밤참과 자리조반(식전 아침에 먹는 죽)을 사러 다니는 것도 어지간히 힘들어요. 그중에도 더욱 화가 나는 것은 일은 일대로 열심히 하는데도 조금만 마남이나 서방님 비위에 거슬린 일이 있으면 온갖 욕설이 비 오는 듯하는 것이지요. 그저 팔자가 원수지요.

떡장수 김 씨 할머니 이야기 떡 장사 하는 할멈이 무슨 이야기가 있어요? 하루 종일 돌아다니며 떡이나 많이 팔고 돈이나 많이 생겨야 집에 돌아와서도 다리를 쭉 뻗고 편안한 잠을 이루지요. 그것도 날이나 따뜻하고 길이나 사납지 않으면 그래도 힘닿는 데까지는 돌아다니련마는. 웬걸, 진날 궂은날 다 젖혀 놓으면 한 달에도 몇 번씩은 그저 놀게 됩니다. 하루 종일 다니면서 많이 팔아야만 백 냥 어치나 팔고 그 중에서 떨어지는 것이 마흔 냥가량 된답니다. 그중에도 여름 같은 때는 도무지 흥정이 없고 떡 좀 사라고 하면 공연히 쉬었느니 어쩌니 하면서 핀잔만 주고 맙니다. 더군다나 이제는 서양 떡들이 많이 생겨서 좀 하이칼라 양반들은 어디 이 떡이야 그렇게 사 먹습니까? 아이고, 다리야! (1925)

대홍수

무려 10여 일 동안 많은 비가 퍼부었다. 강우로 부천, 용산, 뚝섬, 영등포 등의 한강 주변 여러 지역이 물에 잠기는 큰 홍수가 발생했다. 이를 '을축년 대홍수'라고 한다. 하루의 강우량이 무려 200밀리리터나 되었고, 열흘 이상 이 같은 많은 양의 비가 내리자 튼튼한 제방이 있어도 물을 막을 수 없었다. 이 과정  에서 수많은 사람이 죽고 다쳤으며 특히 토막민들이 삶의 터전을 잃어버리게 되었다. (1925)

엮어 읽기

가난하고 비참한 삶의 모습

1. 현진건의 〈운수 좋은 날〉

〈운수 좋은 날〉은 아무리 노력해도 가난을 벗어날 수 없던 1920년대 도시 하층민의 삶의 모습을 보여 주는 작품이에요. 배우지도 못하고 가난한, 하루 벌어 하루 먹고 사는 인력거꾼 김 첨지를 통해 당시의 하층민들의 비참한 삶을 엿볼 수 있어요.

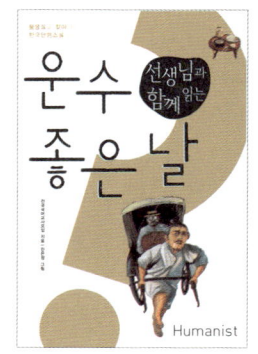

김 첨지는 돈이 없어서 오랫동안 아파 누워 있는 아내에게 약 한 첩을 쓰지 못했어요. 그런데 비가 추적추적 내리는 어느 날, 이상하게도 인력거 손님들이 끊이지 않아요. 돈을 많이 벌게 되어 기분이 좋았지만, 이상하게 멈추지 않는 행운에 겁이 나기도 해요.

김 첨지는 귀갓길에 친구 치삼이를 만나 불안을 떨쳐 버리려고 술을 많이 마시고, 아내가 사흘 전부터 먹고 싶다던 설렁탕을 사지요. 그런데 집으로 돌아가 보니 아내는 이미 죽어 있었어요. 김 첨지는 미친 듯이 죽은 아내의 얼굴에다 자기 얼굴을 비비며 중얼거리죠. "설렁탕을 사다 놓았는데 왜 먹지를 못하니, 왜 먹지를 못하니……. 괴상하게도 오늘은 운수가 좋더니만……."이라고요.

2. 손창섭의 〈비 오는 날〉

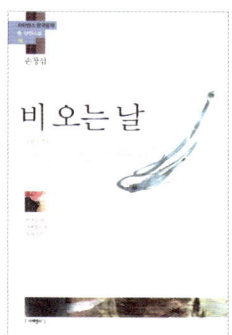

〈비 오는 날〉은 동욱, 동옥 남매의 삶을 통해 한국 전쟁 직후의 비참한 삶을 보여 주는 작품이에요. 피란지인 부산에서 무기력하고 암울하게 살아가는 남매를 통해 전후 사회의 어둡고 절망적인 현실을 그리고 있어요.

동욱, 동옥 남매는 다 쓰러져 가는 목조 건물에서 살고 있어요. 오빠인 동욱이 미군에게 초상화 주문을 받아 오면, 동옥이 초상화를 그려 주고 그것을 팔아 생계를 유지하지요. 하지만 유일한 생계 수단인 초상화 작업도 못하게 되고, 집주인 노파가 동옥이 빌려 준 돈을 떼먹고 집까지 팔아먹고 도망가 버려요. 결국 동욱, 동옥 남매는 어디론가 사라져 버리지요.

> 동욱은 아마 십중팔구 군대에 끌려 나갔을 거라고 하고, 동옥은 아이들처럼 어머니를 부르며 가끔 밤중에 울기에, 뭐라고 좀 나무랐더니, 그 다음 날 저녁에 어디론가 나가 버렸다는 것이다. …… 중요한 옷가지랑은 꾸려 갖고 간 모양이니 자살을 할 의사는 없었음이 분명하고, 한편 병신이긴 하지만 얼굴이 고만큼 빤빤하고서야 어디 가 몸을 판들 굶어 죽기야 하겠느냐고 주인 사나이는 지껄이는 것이었다.

새 집주인의 말을 통해 절망적인 남매의 삶이 계속 이어질 것임을 짐작할 수 있어요.

3. 조세희의 〈난장이가 쏘아올린 작은 공〉

〈난장이가 쏘아올린 작은 공〉은 1970년대 산업화로 인한 도시 빈민의 가난한 생활을 보여 주는 작품이에요.

가난한 난장이 가족은 낙원구 행복동의 무허가 판자촌에서 살고 있어요. 낙원구 행복동이라는 동네 이름만 들으면 행복이 가득한, 살기 좋은 곳을 떠올리겠지만 사실 난장이 가족이 살고 있는 동네는 낙원과는 거리가 먼, 행복이 없는 초라한 빈민가예요. 하지만 힘든 환경 속에서도 난장이인 아버지는 낡은 수도를 고치거나 칼을 갈아 주는 일을 하며 어떻게든 가족의 생계를 꾸려 나가려고 애를 쓰지요.

그러던 어느 날 난장이 가족은 재개발 사업으로 인해 가족이 살고 있는 집을 철거하겠다는 철거 계고장을 받게 돼요. 이미 행복동 주민들 대부분은 돈이 없어 투기업자에게 입주권을 팔고 동네를 떠나는 상황이었어요. 가난한 난장이 가족도 입주권을 팔지만, 제 몫으로 돌아오는 것은 거의 없어 결국은 거리로 나서야 할 처지가 되지요. 영희가 입주권을 산 투기업자를 따라가 입주권을 되찾아오지만 그 사이 난장이인 아버지는 벗어날 수 없는 가난한 현실에 절망해서 자살이라는 극단적인 선택을 하게 되는 슬픈 이야기예요.

〈난장이가 쏘아올린 작은 공〉을 통해서 우리는 도시 빈민들의 비참한 삶의 모습을 살펴볼 수 있어요.

4. 황석영의 〈낯익은 세상〉

〈낯익은 세상〉에는 지금은 하늘공원으로 모습을 바꾼 난지도를 배경으로 1980년대 도시 빈민의 삶을 보여 주는 작품이에요.

주인공 딱부리가 사는 곳은 도시에서 버린 모든 쓰레기가 모이는 쓰레기장이에요. 딱부리는 도시의 가난한 산동네에서 더 이상 살 수 없게 된 엄마와 함께 그곳으로 가서 살게 되지요. 이제 더 이상 가난해질 수도 없는 가난 속으로 들어가게 된 거예요.

딱부리는 쓰레기산에서 덜 상한 음식을 찾아 먹어요. 하루 종일 쓰레기가 썩어 가는 시큼한 악취와 벌레 속에서 어렵게 살아가지요. 딱부리는 비슷한 또래의 친구들과 어울려 돈이 되는 쓰레기를 주워서 되팔기도 해요. 딱부리에게 쓰레기를 캐는 일은 희망을 캐는 일이에요.

그러다 그곳이 쓰레기장이 되기 전에 살았던 사람들과 조금은 황당하지만 거기에 살던 귀신들을 만나게 돼요. 그리고 그곳의 아름다웠던 옛 모습도 알게 된답니다. 그러면서 낯설었던 그곳은 점점 밖의 세상처럼 낯익은 세상이 되어 가고 딱부리는 그 안에서 더 나은 삶을 꿈꾸게 됩니다.

5. 김재영의 〈코끼리〉

〈코끼리〉는 우리나라에 살고 있는 이주 노동자들의 가난하고 힘겨운 삶의 모습들을 만날 수 있는 작품이에요.

주인공인 열세 살 소년인 '나'는 돼지 축사를 개조한 쪽방에서 네팔인 아버지와 단둘이 살아요. 아버지의 국적은 네팔이고 어머니는 조선족이지요. 어머니는 가난이 싫다고 집을 나가 버렸어요.

주인공 소년은 한국에 네팔 대사관이 없어 아직 출생 신고도 못했고 아버지처럼 그리워할 고향도 없어요. 급식이 없는 토요일에는 배가 고파요. 학교에선 외톨이고 짝인 소영이와 손이 스쳤다는 이유로 소영이 오빠에게 매를 맞지요. 까만 피부색이 싫어 표백제에 오래 몸을 담가 피부에 염증이 생겼어요.

'나'는 미얀마, 방글라데시, 러시아에서 온 노동자들과 같은 집에서 살아요. 그들은 일하다가 손가락을 잘리기도 하고, 고국에 있는 가족에게 송금할 돈을 도둑맞고, 화재로 목숨을 잃기도 하지요.

'나'는 아버지와 이주 노동자들의 삶을 보면서 그들이 네팔 신화에 나오는 '코끼리'처럼 히말라야 높은 곳에서 태어나 후미진 공장 지대에서 살아간다고 생각해요.

다시 읽기
화수분의 처지와 비슷한
오늘날의 사람들

> 아범이 벌이하는 지게 하나, 이것뿐이다. …… 아범은 밝기도 전에 지게를 지고 나갔다가 밤이 어두워서 들어오지만 하루에 두 끼니를 못 끓여 먹고, 대개는 벌이가 없어서 새벽에 나갔다가도 오정 때나 되면 일찍 돌아온. 들어와서는 흔히 잔다. 이런 때는 온종일, 그 이튿날 아침까지 굶는다.
>
> — 〈화수분〉에서

현장M출동

혹한 속 새벽 인력시장
일용직 힘든 겨울나기
(MBC 뉴스데스크 2012년 1월 8일)

올 겨울 맵고 독한 추위 속에 건설 경기마저 꽁꽁 얼어붙으면서 일용직 노동자들은 누구보다 힘든 겨울을 나고 있습니다.

차갑고 캄캄한 새벽 인력시장, 날마

다 일감을 찾아 모여들지만 헛걸음치는 날이 더 많습니다. 곽승규 기자가 현장 취재했습니다.

컴컴하고, 후미진 골목을 따라 사람들이 하나 둘 모여듭니다. 새벽 4시 영하 14도 혹한의 서울 남구로역 인력시장. 일용직 노동자 600여 명이 하루 벌이 일감을 찾는 곳입니다.

(박병호) "4시에 일어나서 머리 감고, 뭐 하고. 4시 반, 못해도 5시까지 와야 해요."

새벽 5시, 길거리 인력시장은 어느새 인부들로 꽉 찼습니다. 추울수록 일감이 없다는 걸 알지만 생계를 짊어진 가장의 책임감은 추위를 잊었습니다.

(김 모 씨) "아침에 나가서 일하고 들어가면 얼마나 기분이 좋아. 가족한테, '야, 아빠 소고기 한 근 사 왔어.'"

(작업 반장) "몇 명이야? 다 타고 올라가 얼른, 얼른 올라가 얼른, 빨리 가야 되니까."

운 좋게 건설 현장으로 가는 이들도

있지만, 80퍼센트는 아직 영하의 길거리에 남아 있습니다. 그나마 일거리 찾기가 좀 낫다는 인력 사무소.

(사무소 직원) "조현춘 씨, 김현탁 씨, 다 이쪽으로 오세요."

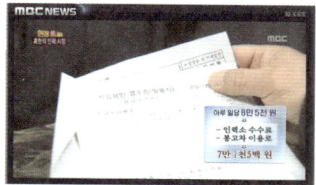

일당 8만 5천 원에서 소개료, 봉고차 이용료까지 떼고 나면 손에 쥐는 건 7만 1500원 남짓입니다.

(김 모 씨) "10년 전이나 지금이나 일당이 똑같아. 물가 상승에 따라 임금이 올라야 하는데……."

작년 건설 경기가 불황의 직격탄을 맞으면서, 일용직 인부 평균 작업 일수는 71일, 5일에 한 번꼴로 줄었습니다.

(김문봉) "오늘은 집에 가야 할 것 같은데요. 이번 달에는 아직 꽝이에요."

이렇게 벌면 한 달 수입은 50만 원 남짓.

(김제남, 자원봉사자) "이 물로 배 채우고 가시는 분도 많아요. 배고파서. 왜 많이 드시냐고 하니까, 추운 것보다 배고파서……."

어느덧 날이 밝았습니다.

하루하루가 힘들지만, 그래도 땀 흘리며 우직하게 돈을 벌고 싶은 사람들.

이런 건설 일용직들이 130만 명에 달합니다.

"어쩔 수 없죠. 어디 가서 도둑질을 할 겁니까? 노력해서 벌어야 하는데……. 내일을 기약해야죠."

MBC 뉴스 곽승규입니다.

독자 이야기

화수분 부부에 대한 모의재판

어느 날, 여러분은 염라대왕으로부터 초청장을 받아요. 재판의 배심원으로 초청된 거지요. '화수분 부부'를 천당으로 보내야 할지, 지옥으로 보내야 할지 결정해야 한대요.

  이 판결을 지켜보려고 많은 이들이 법정에 모였어요. 그 가운데는 이마에 손을 대고 얼굴을 찌푸리고 있는 염라대왕과 여러 대신들의 모습도 보여요.

  이제 선택을 해야 해요. 검사측은 화수분의 죄가 크니 지옥으로 보내자고 주장하고, 변호사측은 가엾고 불쌍한 가족이니 천당으로 보내자고 합니다.

  여러분은 어느 편이 옳다고 생각하나요?

  왜 그런지 법정에서 말하듯 적어 봅시다. 법정이기 때문에 공식적인 말투인 '~습니다'로 적습니다.

학생글 유죄라서 지옥으로 보내야 한다.

저는 화수분 부부가 유죄라고 생각합니다.
그 이유는 부모로서 무책임했기 때문입니다. 아무리 힘들어도 귀동이를 처음 보는 마님에게 보내는 것은 잘못입니다. 게다가 귀동이를 데려간 곳이 강화라고만 알고 있지, 주소나 마님에 대해 자세히 알려고 하지 않았습니다. 남편은 부인이 귀동이를 보내겠다는 말에 "당신이 알아서 하라"고 했습니다. 정말 말이 안 되는 일입니다. 또 마님을 따라간 귀동이나 살아남은 옥분이는 앞으로 어떻게 살아갈까요? 화수분 부부가 있어도 힘들었는데 앞으로 누가 돌봐 주겠습니까?

그리고 화수분 부부는 적극적이지 않았습니다. 주인댁이나 형에게, 혹은 귀동이를 마님에게 소개해 준 쌀가게 주인에게 돈이나 쌀을 빌린 적이 없습니다. 정말 힘들어서 귀동이를 마님에게 보내야 할 정도라면 남에게 빚도 내고 도움을 청해서라도 살려고 노력해야 한다고 생각합니다. 또 화수분은 지게를 지고 나가서 일이 생기길 기다리기만 했지 일자리를 찾으려 하지 않았습니다. 아내도 집에서 삯바느질을 했다거나 남의 빨래를 빨아 주거나 잔치나 부엌일을 도우러 다니지 않았습니다.

마지막으로 화수분 부부는 계획성이 없습니다. 남은 가족은 생각하지도 않고 형을 돕겠다고 떠난 화수분도 문제가 있습니다. 자기 가족도 잘 돌보지 못하면서 형의 농사를 도우러 간 것도, 또 자기가 얼마나 걸어갈 수 있는지 생각하지 않고 남편을 찾아 나갔다가 옥분이만 남기고 길에서 얼어 죽은, 이 모든 불행의 원인은 부부에게 있습니다.

학생글 무죄라서 천당으로 보내야 한다.

저는 화수분 부부에게 죄가 없다고 생각합니다. 모두 어쩔 수 없는 상황 때문에 일어난 일이라고 생각합니다.

먼저, 화수분 가족이 가난한 것은 잘못이 아닙니다. 화수분이 가난한 이유가 도박과 술 같은 나쁜 행동의 결과가 아니기 때문입니다. 더구나 농사가 싫어 편안히 살려고 도시로 온 것도 아닙니다. 귀동이를 마님에게 보낸 것도, 가족이 겨울날 길에서 얼어 죽은 일도 화수분 부부가 원해서 그렇게 된 것이 아닙니다.

그리고 화수분에게는 능력이 부족했습니다. 행랑채에 얹혀산 것도, 귀동이를 보낸 것도, 직업을 얻지 못한 것도 모두 능력이 없어서입니다. 능력이 부족한 것이 잘못은 아닙니다. 도와주어야 할 일이지 죄라고 할 수는 없습니다. 화수분이 게을러서 일자리가 없었다면 잘못이지만, 능력을 갖출 기회를 갖지 못한 것이기 때문에 이를 탓할 수는 없습니다.

또 결과만 보지 말고 부부의 따뜻한 마음을 봤으면 합니다. 결과만 보면 화수분은 좋은 선택을 했다고 말할 수 없습니다. 하지만 결과가 좋아야만 옳은 것은 아니라고 생각합니다. 어떤 마음을 가지고 행동했는가가 더 중요합니다. 자신이 어려운 상황에서도 형의 가족을 걱정해서 달려간 화수분, 잘 걷지도 못하면서 가족을 위해 남편을 찾아간 아내, 그리고 무엇보다 자신들은 얼어 죽으면서도 옥분이를 지키려고 애쓴 부부의 모습은 꼭 기억해야 합니다.

참고 문헌

도서

근대문학 100년 연구총서 편찬위원회, 《약전으로 읽는 문학사 1》, 소명출판, 2008.
강만길, 《고쳐 쓴 한국현대사》, 창비, 1994.
최병택 외, 《경성리포트》, 시공사, 2010.
안민영, 《이상과 그 시대》, 소명출판, 2003

연구 논문

김영묵, 〈일제하의 산미증식계획〉, 1991.
김용성 외, 〈전영택 소설의 죽음 연구〉, 1998.
김이치, 〈전영택의 초기소설 연구〉, 경남대, 1983.
김정희, 〈《창조》지의 고백소설 연구: 김동인과 전영택을 중심으로〉, 충남대, 2006.
김한섭, 〈한국 도시 빈민 형성 원인과 문제에 관한 연구〉, 대전대, 2002.
류지용, 〈1920년대 소설에 나타난 가난과 죽음의 문제〉, 2002.
박숙미, 〈1920, 30년대 한국 노동자 계급의 형성 과정과 그 실태〉, 이화여대, 1990.
박진희, 〈소설 속 죽음 연구: 중·고등 문학 교재의 소설을 중심으로〉, 창원대, 2003.
우제호, 〈전영택 소설 연구〉, 숙명여대, 1993.
이강언, 〈화수분 연구〉, 1977.
이선민, 〈1930년대 도시 노동자의 주거난과 주거 양태의 변화〉, 가톨릭대, 2001.
이주일, 〈전영택 소설의 분석 연구〉, 1986.
장병희(백일), 〈한국적 리얼리즘문학의 생성 과정에 대한 비평〉, 1966.
채훈, 〈1920년대 작가 연구〉, 숙명여대, 1975.
최선옥, 〈늘봄 전영택론: 기독교의 영향을 중심으로〉, 이화여대, 1972.
표언복, 〈늘봄 전영택의 생애와 사상〉, 1996.
한점돌, 〈전영택 소설의 형이상학〉, 1996.
전남일, 〈'최소한의 주택'의 사회사적 변천과 공간 특성〉, 2011.

선생님과 함께 읽는 **화수분**

1판 1쇄 발행일 2013년 10월 7일
1판 7쇄 발행일 2025년 9월 15일

지은이 전국국어교사모임

발행인 김학원
발행처 (주)휴머니스트출판그룹
출판등록 제313-2007-000007호(2007년 1월 5일)
주소 (03991) 서울시 마포구 동교로23길 76(연남동)
전화 02-335-4422 **팩스** 02-334-3427
저자·독자 서비스 humanist@humanistbooks.com
홈페이지 www.humanistbooks.com
유튜브 youtube.com/user/humanistma
인스타그램 @humanist_insta

편집책임 문성환 **편집** 윤무재 **디자인** 김태형 반짝반짝 **일러스트** 한수임
용지 화인페이퍼 **인쇄** 청아디앤피 **제본** 민성사

ⓒ 전국국어교사모임, 2012

ISBN 978-89-5862-659-6 44810

- 이 책은 저작권법에 따라 보호받는 저작물이므로 무단 전재와 무단 복제를 금합니다.
- 이 책의 전부 또는 일부를 이용하려면 반드시 저자와 (주)휴머니스트출판그룹의 동의를 받아야 합니다.